suhrkamp taschenbuch 2779

Hermann Hesse, am 2. Juli 1877 in Calw/Württemberg als Sohn eines baltendeutschen Missionars und einer württembergischen Missionarstochter geboren, 1946 ausgezeichnet mit dem Nobelpreis für Literatur, starb am 9. August 1962 in Montagnola bei Lugano.

Seine Bücher, Romane, Erzählungen, Betrachtungen, Gedichte, politischen, literatur- und kulturkritischen Schriften sind mittlerweile in einer Auflage von mehr als 100 Millionen Exemplaren in aller Welt verbreitet und haben ihn zum meistgelesenen europäischen Autor des 20. Jahrhunderts in den USA und in Japan gemacht.

Die Marmorsäge, entstanden 1904, und *Taedium vitae* aus dem Jahre 1908 sind zwei Liebesgeschichten. So verschieden Milieu, Jahreszeiten und Schauplätze auch sind, die Eindringlichkeit, mit der Hesse Höhen und Tiefen dieses Erlebnisses zu vergegenwärtigen versteht, ist hier wie dort erstaunlich. Die sich in der *Marmorsäge* zuspitzenden Begebenheiten zerstören den Traum der bukolisch einsetzenden Sommerferien in der Schwarzwälder Heimat des Erzählers.

Mit einem Gespür für feinste emotionale Nuancen werden auch seine von Lebensüberdruß ausgehenden und wieder in *Taedium vitae* mündenden Erlebnisse in der Münchner Bohème geschildert. Beidesmal sind es Konstellationen, die außerhalb der Einflußmöglichkeit der Liebenden liegen, welche die Oberhand behalten. »Es ist etwas verlorengegangen, was früher in der Welt war«, schließt die Erzählung *Taedium vitae,* »ein gewisser unschuldiger Duft und Liebreiz und ich weiß nicht, ob das wiederkommen kann.«

Hermann Hesse
Die Marmorsäge
und
Taedium vitae

Zwei Erzählungen

Suhrkamp

Umschlagmotiv von Rolf Köhler
Die Marmorsäge: geschrieben 1904.
Erstdruck in *Über Land und Meer,*
Stuttgart/Leipzig vom September 1904.
Taedium vitae: Erstdruck in *Die neue Rundschau,*
Berlin vom Juli 1908.
Redaktion: Volker Michels

suhrkamp taschenbuch 2779
Erste Auflage dieser Ausgabe 1997
Die Marmorsäge aus Hermann Hesse, *Diesseits,*

Satz: LibroSatz, Kriftel/Taunus
Druck: Ebner Ulm
Printed in Germany
Umschlag nach Entwürfen von
Willy Fleckhaus und Rolf Staudt

1 2 3 4 5 6 – 02 01 00 99 98 97

Die Marmorsäge

Es war so ein Prachtsommer, in dem man das schöne Wetter nicht nach Tagen, sondern nach Wochen rechnete, und es war noch Juni, und man hatte gerade das Heu eingebracht.

Für manche Leute gibt es nichts Schöneres als einen solchen Sommer, wo noch im feuchtesten Ried das Schilf verbrennt und einem die Hitze bis in die Knochen geht. Diese Leute saugen, sobald ihre Zeit gekommen ist, so viel Wärme und Behagen ein und werden ihres meist ohnehin nicht sehr betriebsamen Daseins so schlaraffisch froh, wie es andern Leuten nie zuteil wird. Zu dieser Menschenklasse gehöre auch ich; darum war mir in jenem Sommeranfang auch so mächtig wohl, freilich mit starken Unterbrechungen, von denen ich nachher erzählen werde.

Es war vielleicht der üppigste Juni, den ich je erlebt habe, und es wäre bald Zeit, daß wieder so einer käme. Der kleine Blumengarten vor meines Vetters Haus an der Dorfstraße duftete und blühte ganz unbändig; die Georginen, die den schadhaften Zaun versteckten, standen dick und hoch und hatten feiste und runde Knospen angesetzt, aus deren Ritzen gelb und rot und lila die jungen Blütenblätter strebten. Der Goldlack brannte so überschwenglich honigbraun und duftete so ausgelassen und sehnlich, als wüßte er wohl, daß seine Zeit schon nahe war, da er verblühen und den dicht wuchernden Reseden Platz machen mußte. Still und brütend standen die steifen Balsaminen auf dicken, gläsernen Stengeln, schlank und träumerisch die Schwertlilien, fröhlich hellrot die verwildernden Rosenbüsche. Man sah kaum eine Handbreit Erde mehr, als sei der ganze Garten nur ein großer, bunter und fröhlicher Strauß, der aus einer zu schmalen Vase hervorquoll, an dessen Rändern die Kapuziner in den Rosen fast erstickten und in dessen Mitte der prahlerisch emporflammende Türkenbund mit seinen großen geilen Blüten sich frech und gewalttätig breitmachte.

Mir gefiel das ungemein, aber mein Vetter und die Bauersleute sahen es kaum. Denen fängt der Garten erst an, ein wenig Freude zu machen, wenn es dann herbstelt und in den Beeten nur noch letzte Spätrosen, Strohblumen und Astern übrig sind. Jetzt waren sie alle tagtäglich von früh bis spät im Feld und fielen am Abend müde und schwer wie umgeworfene Bleisoldaten in die Betten. Und doch wird in jedem Herbst und in jedem Frühjahr der Garten wieder treulich besorgt und hergerichtet, der nichts einbringt und den sie in seiner schönsten Zeit kaum ansehen.

Seit zwei Wochen stand ein heißer, blauer Himmel über dem Land, am Morgen rein und lachend, am Nachmittag stets von niederen, langsam wachsenden gedrängten Wolkenballen umlagert. Nachts gingen nah und fern Gewitter nieder, aber jeden Morgen, wenn man – noch den Donner im Ohr – erwachte, glänzte die Höhe blau und sonnig herab und war schon wieder ganz von Licht und Hitze durchtränkt. Dann begann ich froh und ohne Hast meine Art von Sommerleben: kurze Gänge auf glühenden und durstig klaffenden Feldwegen durch warm atmende, hohe gilbende Ährenfelder, aus denen Mohn und Kornblumen, Wicken, Kornraden und Winden lachten, sodann lange, stundenlange Rasten im hohen Gras an Waldsäumen, über mir Käfergoldgeflimmer, Bienengesang, windstill ruhendes Gezweige im tiefen Himmel; gegen Abend alsdann ein wohlig träger Heimweg durch Sonnenstaub und rötliches

Ackergold, durch eine Luft voll Reife und Müdigkeit und sehnsüchtigem Kuhgebrüll, und am Ende lange, laue Stunden bis Mitternacht, versessen unter Ahorn und Linde allein oder mit irgendeinem Bekannten bei gelbem Wein, ein zufriedenes, lässiges Plaudern in die warme Nacht hinein, bis fern irgendwo das Donnern begann und unter erschrocken aufrauschenden Windschauern erste, langsam und wollüstig aus den Lüften sinkende Tropfen schwer und weich und kaum hörbar in den dicken Staub fielen.

»Nein, so was Faules wie du!« meinte mein lieber Vetter mit ratlosem Kopfschütteln, »daß dir nur keine Glieder abfallen!«

»Sie hängen noch gut«, beruhigte ich. Und ich freute mich daran, wie müde und schweißig und steifgeschafft er war. Ich wußte mich in meinem guten Recht; ein Examen und eine lange Reihe von sauren Monaten lagen hinter mir, in denen ich meine Bequemlichkeit täglich schwer genug gekreuzigt und geopfert hatte.

Vetter Kilian war auch gar nicht so, daß er mir meine Lust nicht gegönnt hätte. Vor meiner Gelehrtheit hatte er tiefen Respekt, sie umgab mich für sein Auge mit einem geheiligten Faltenwurf, und ich warf natürlich die Falten so, daß die mancherlei Löcher nicht gerade obenhin kamen.

Es war mir so wohl wie noch nie. Still und langsam schlenderte ich in Feld und Wiesenland, durch Korn und Heu und hohen Schierling, lag regungslos und atmend wie eine Schlange in der schönen Wärme und genoß die brütend stillen Stunden.

Und dann diese Sommertöne! Diese Töne, bei denen einem wohl und traurig wird und die ich so lieb habe: das unendliche, bis über Mitternacht anhaltende Zikadenläuten, an das man sich völlig verlieren kann wie an den Anblick des Meeres – das satte Rauschen der wogenden Ähren – das beständig auf der Lauer liegende entfernte leise Donnern – abends das Mückengeschwärme und das fernhin rufende, ergreifende Sensendengeln – nachts der schwellende, warme Wind und das leidenschaftliche Stürzen plötzlicher Regengüsse.

Und wie in diesen kurzen, stolzen Wochen alles inbrünstiger blüht und atmet, tiefer lebt und duftet, sehnlicher und inniger lodert!

Wie der überreiche Lindenduft in weichen Schwaden ganze Täler füllt, und wie neben den müden, reifenden Kornähren die farbigen Ackerblumen gierig leben und sich brüsten, wie sie verdoppelt glühen und fiebern in der Hast der Augenblicke, bis ihnen viel zu früh die Sichel rauscht!

Ich war vierundzwanzig Jahre alt, fand die Welt und mich selber sehr wohlbeschaffen und betrieb das Leben als eine ergötzliche Liebhaberkunst, vorwiegend nach ästhetischen Gesichtspunkten. Nur das Verliebtsein kam und verlief ganz ohne meine Wahl nach den althergebrachten Regeln. Doch hätte mir das niemand sagen dürfen! Ich hatte mich nach den nötigen Zweifeln und Schwankungen einer das Leben bejahenden Philosophie ergeben und mir nach mehrfachen schweren Erfahrungen, wie mir schien, eine ruhige und sachliche Betrachtung der Dinge erworben. Außerdem hatte ich mein Examen bestanden, ein nettes Taschengeld im Sack und zwei Monate Ferien vor mir liegen.

Es gibt wahrscheinlich in jedem Leben solche Zeiten: weit vor sich sieht man glatte Bahn, kein Hindernis, keine Wolke am Himmel, keine Pfütze im Weg. Da wiegt man sich gar stattlich im Wipfel und glaubt mehr und mehr zu erkennen, daß es eben doch kein Glück und keinen Zufall gibt, sondern daß man das alles und noch eine halbe Zukunft ehrlich verdient und erworben habe, einfach weil man der Kerl dazu war. Und man tut wohl daran, sich dieser Erkenntnis zu freuen, denn auf ihr beruht das Glück der Märchenprinzen ebenso wie das Glück der Spatzen auf dem Mist, und es dauert ja nie zu lange.

Von den zwei schönen Ferienmonaten waren mir erst ein paar Tage durch die Finger geglitten. Bequem und elastisch wie ein heiterer Weiser wandelte ich in den Tälern hin und her, eine Zigarre im Mund, eine Ackerschnalle am Hut, ein Pfund Kirschen und ein gutes Büchlein in der Tasche. Ich tauschte kluge Worte mit den Gutsbesitzern, sprach da und dort den Leuten im Felde freundlich zu, ließ mich zu allen großen und kleinen Festlichkeiten, Zusammenkünften und Schmäusen, Taufen und Bockbierabenden einladen, tat gelegentlich am Spätnachmittag einen Trunk mit dem Pfarrer, ging mit den Fabrikherren und Wasserpächtern zum Forellenangeln, bewegte mich maßvoll fröhlich und schnalzte innerlich mit der Zunge, wenn irgend so ein feister, erfahrener Mann mich ganz wie seinesgleichen behandelte und keine Anspielungen auf meine große Jugend machte. Denn wirklich, ich war nur äußerlich so lächerlich jung. Seit einiger Zeit hatte ich entdeckt, daß ich nun über die Spielereien hinausgekommen und ein Mann geworden sei; mit stiller Wonne ward ich stündlich meiner Reife froh und brauchte gern den Ausdruck, das Leben sei ein Roß, ein flottes, kräftiges Roß, und wie ein Reiter müsse man es behandeln, kühn und auch vorsichtig.

Und da lag die Erde in ihrer Sommerschönheit, die Kornfelder fingen an gelb zu werden, die Luft war noch voll Heugeruch, und das Laub hatte noch lichte, heftige Farben. Die Kinder trugen Brot und Most ins Feld, die Bauern waren eilig und fröhlich, und abends liefen die jungen Mädchen in Reihen über die Gasse, ohne Grund plötzlich hinauslachend und ohne Vereinbarung plötzlich ihre weichmütigen Volkslieder anstimmend. Vom Gipfel meiner jungen Mannesreife herab sah ich freundlich zu, gönnte den Kindern und den Bauern und den Mädchen ihre Lust von Herzen und glaubte das alles wohl zu verstehen.

In der kühlen Waldschlucht des Sattelbachs, der alle paar hundert Schritt eine Mühle treiben muß, lag stattlich und sauber ein Marmorsägewerk: Schuppen, Sägeraum, Stellfalle, Hof, Wohnhaus und Gärtchen, alles einfach, solid und erfreulich aussehend, weder verwittert noch allzu neu. Da wurden Marmorblöcke langsam und tadellos in Platten und Scheiben zersägt, gewaschen und geschliffen, ein stiller und reinlicher Betrieb, an dem jeder Zuschauer seine Lust haben mußte. Fremdartig, aber hübsch und anziehend war es, mitten in dem engen und gewundenen Tale zwischen Tannen und Buchen und schmalen Wiesenbändern den Sägehof daliegen zu sehen, angefüllt mit großen Marmorblöcken, weißen, bläulichgrauen und buntgeäderten, mit fertigen Platten von jeder Größe, mit Marmorabfällen und feinem, glänzendem Marmorstaub. Als ich das erstemal diesen Hof nach einem Neugierbesuch verließ, nahm ich ein kleines, einseitig poliertes Stückchen weißen Marmors in der Tasche mit; das besaß ich jahrelang und hatte es als Briefbeschwerer auf meinem Schreibtisch liegen.

Der Besitzer dieser Marmorschleiferei hieß Lampart und schien mir von den Originalen jener ergiebigen Gegend eines der eigentümlichsten zu sein. Er war früh verwitwet und hatte teils durch sein ungeselliges Leben, teils durch sein eigenartiges Gewerbe, das mit der Umgebung und mit dem Leben der Leute ringsum ohne Berührung blieb, einen besonderen Anstrich bekommen. Er galt für sehr wohlhabend, doch wußte das keiner gewiß, denn es gab weit herum niemand, der irgendein ähnliches Geschäft und einen Einblick in dessen Gang und Ertrag gehabt hätte. Worin seine Besonderheit bestand, hatte ich noch nicht ergründet. Sie war aber da und nötigte einen, mit Herrn Lampart anders als mit andern Leuten umzugehen. Wer zu ihm kam, war willkommen und fand einen freundlichen Empfang, aber daß der Marmorsäger jemand wiederbesuchte, ist nie vorgekommen. Erschien er einmal – es geschah selten –

bei einer öffentlichen Feier im Dorf oder zu einer Jagd oder in irgendeiner Kommission, so behandelte man ihn sehr höflich, tastete aber verlegen nach der rechten Begrüßung, denn er kam so ruhig daher und blickte jedem so gleichmütig ernst ins Gesicht wie ein Einsiedler, der aus dem Wald hervorgekommen ist und bald wieder hineingehen wird.

Man fragte ihn, wie die Geschäfte gingen. »Danke, es tut sich«, sagte er, aber er tat keine Gegenfrage. Man erkundigte sich, ob die letzte Überschwemmung oder der letzte Wassermangel ihn geschädigt habe. »Danke, nicht besonders«, sagte er, aber er fuhr nicht fort: »Und bei Ihnen?«

Nach dem Äußeren zu urteilen, war er ein Mann, der viele Sorgen gehabt hat und vielleicht noch hat, der aber gewohnt ist, sie mit niemand zu teilen.

In jenem Sommer war es mir zu einer Gewohnheit geworden, sehr oft beim Marmormüller einzukehren. Oft trat ich nur im Vorüberbummeln für eine Viertelstunde in den Hof und in die kühle dämmerige Schleiferei, wo blanke Stahlbänder taktmäßig auf und nieder stiegen, Sandkörner knirschten und rieselten, schweigsame Männer am Werk standen und unter dem Bretterboden das Wasser plätscherte. Ich schaute den paar Rädern und Riemen zu, setzte mich auf einen Steinblock, drehte mit den Sohlen eine Holzrolle hin und her oder ließ die Marmorkörner und Splitter unter ihnen knirschen, horchte auf das Wasser, steckte eine Zigarre an, genoß eine kleine Weile die Stille und Kühle und lief wieder weg. Den Herrn traf ich dann fast nie. Wenn ich zu ihm wollte, und das wollte ich sehr oft, dann trat ich in das kleine, immer schlummerstille Wohnhaus, kratzte im Gang die Stiefel ab und hustete dazu, bis entweder Herr Lampart oder seine Tochter herunterkam, die Tür einer lichten Wohnstube öffnete und mir einen Stuhl und ein Glas Wein hinstellte.

Da saß ich am schweren Tisch, nippte am Glas, drehte meine Finger umeinander und brauchte immer eine Weile, bis ein Gespräch im Lauf war; denn weder der Hausherr noch die Tochter, die aber sehr selten beide zugleich da waren, machten je den Anfang, und mir schien diesen Leuten gegenüber und in diesem Haus niemals irgendein Thema, das man sonst etwa vornimmt, am Platze zu sein. Nach einer guten halben Stunde, wenn dann längst eine Unterhaltung beieinander war, hatte ich meistens, trotz aller Behutsamkeit, mein Weinglas leer. Ein zweites wurde nicht angeboten, darum bitten mochte ich nicht, vor dem leeren Glase dazusitzen war mir ein wenig peinlich, also stand ich auf, gab die Hand und setzte den Hut auf.

Was die Tochter betrifft, so war mir im Anfang nichts aufgefallen, als daß sie dem Vater so merkwürdig ähnlich war. Sie war so groß gewachsen, aufrecht und dunkelhaarig wie er, sie hatte seine matten schwarzen Augen, seine gerade, klar und scharf geformte Nase, seinen stillen, schönen Mund. Sie hatte auch seinen Gang, soweit ein Weib eines Mannes Gang haben kann, und dieselbe gute und ernste Stimme. Sie streckte einem die Hand mit derselben Geste entgegen wie ihr Vater, wartete ebenso wie er ab, was man zu sagen habe, und sie gab auf gleichgültige Höflichkeitsfragen ebenso sachlich, kurz und ein wenig wie verwundert Antwort.

Sie war von einer Art Schönheit, die man in alemannischen Grenzlanden öfters antrifft und die wesentlich auf einer ebenmäßigen Kraft und Wucht der Erscheinung beruht, auch unzertrennlich ist von großem, hohem Wuchs und bräunlicher Gesichtsfarbe. Ich hatte sie anfänglich wie ein hübsches Bild betrachtet, dann aber fesselte die Sicherheit und Reife des schönen Mädchens mich mehr und mehr. So fing meine Verliebtheit an, und sie wuchs bald zu einer Leidenschaft, die ich bisher noch nicht gekannt hatte. Sie wäre wohl bald sichtbar geworden, wenn nicht die gemessene Art des Mädchens und die ruhig-kühle Luft des ganzen Hauses mich, sobald ich dort war, wie eine leichte Lähmung umfangen und zahm gemacht hätten.

Wenn ich ihr oder ihrem Vater gegenübersaß, kroch mein ganzes Feuer sogleich zu einem scheuen Flämmlein zusammen, das ich vorsichtig verbarg. Die Stube sah auch durchaus nicht einer Bühne ähnlich, auf der junge Liebesritter mit Erfolg sich ins Knie niederlassen, sondern glich mehr einer Stätte der Mäßigung und Ergebung, wo ruhige Kräfte walten und ein ernstes Stück Leben ernst erlebt und ertragen wird. Trotz alledem spürte ich hinter dem stillen Hinleben des Mädchens eine gebändigte Lebensfülle und Erregbarkeit, die nur selten hervorbrach und auch dann nur in einer raschen Geste oder einem plötzlich aufglühenden Blick, wenn ein Gespräch sie lebhaft mitriß.

Oft genug besann ich mich darüber, wie wohl das eigentliche Wesen des schönen und strengen Mädchens aussehen möge. Sie konnte im Grunde leidenschaftlich sein, oder auch melancholisch, oder auch wirklich gleichmütig. Jedenfalls war das, was man an ihr zu sehen bekam, nicht ganz ihre wahre Natur. Über sie, die so frei zu urteilen und so selbständig zu leben schien, hatte ihr Vater eine unbeschränkte Macht, und ich fühlte, daß ihre wahre innere Natur nicht ungestraft durch den väterlichen Einfluß, wenn auch in Liebe, von früh auf unterdrückt und in andere Formen gezwungen worden war. Wenn ich sie beide beisammen sah, was freilich sehr selten vorkam, glaubte ich diesen vielleicht ungewollt tyrannischen Einfluß mitzufühlen und hatte die unklare Empfindung, es müsse zwischen ihnen einmal einen zähen und tödlichen Kampf geben. Wenn ich aber dachte, daß dies vielleicht einmal um mich geschehen könne, schlug mir das Herz, und ich konnte ein leises Grauen nicht unterdrücken.

Machte meine Freundschaft mit Herrn Lampart keine Fortschritte, so gedieh mein Verkehr mit Gustav Becker, dem Verwalter des Rippacher Hofes, desto erfreulicher. Wir hatten sogar vor kurzem, nach stundenlangen Gesprächen, Brüderschaft getrunken, und ich war nicht wenig stolz darauf, trotz der entschiedenen Mißbilligung meines Vetters. Becker war ein studierter Mann, vielleicht zweiunddreißig alt, und ein gewiegter, schlauer Patron. Von ihm beleidigte es mich nicht, daß er meine schönen Manneswortе meistens mit einem ironischen Lächeln anhörte, denn ich sah ihn mit dem gleichen Lächeln viel älteren und würdigeren Leuten aufwarten. Er konnte es sich erlauben, denn er war nicht nur der selbständige Verwalter und vielleicht künftige Käufer des größten Gutes in der Gegend, sondern auch innerlich den meisten Existenzen seiner Umgebung stark überlegen. Man nannte ihn anerkennend einen höllisch gescheiten Kerl, aber sehr lieb hatte man ihn nicht. Ich bildete mir ein, er fühle sich von den Leuten gemieden und gebe sich deshalb so viel mit mir ab.

Freilich brachte er mich oft zur Verzweiflung. Meine Sätze über das Leben und die Menschen machte er häufig ohne Worte, bloß durch ein grausam ausdrucksvolles Grinsen, mir selber zweifelhaft, und manchmal wagte er es direkt, jede Art von Weltweisheit für etwas Lächerliches zu erklären.

Eines Abends saß ich mit Gustav Becker im Adlergarten bei einem Glas Bier. Wir saßen an einem Tisch gegen die Wiese hin ungestört und ganz allein. Es war so ein trockener, heißer Abend, wo alles voll von goldenem Staub ist, der Lindenduft war fast betäubend, und das Licht schien weder zu- noch abzunehmen.

»Du, du kennst doch den Marmorsäger drüben im Sattelbachtal?« fragte ich meinen Freund.

Er sah nicht vom Pfeifenstopfen auf und nickte nur.

»Ja, sag mal, was ist nun das für ein Mensch?«

Becker lachte und stieß die Pfeifenpatrone in die Westentasche.

»Ein ganz gescheiter Mann ist er«, sagte er

dann. »Darum hält er auch immer das Maul. Was geht er dich an?«

»Nichts, ich dachte nur so. Er macht doch einen besonderen Eindruck.«

»Das tun gescheite Leute immer; es gibt nicht so viele.«

»Sonst nichts? Weißt du nichts über ihn?«

»Er hat ein schönes Mädel.«

»Ja. Das mein ich nicht. Warum kommt er nie zu Leuten?«

»Was soll er dort?«

»Ach, einerlei. Ich denke, vielleicht hat er was Besonderes erlebt, oder so.«

»Aha, so was Romantisches? Stille Mühle im Tal? Marmor? Schweigsamer Eremit? Begrabenes Lebensglück? Tut mir leid, aber damit ist's nichts. Er ist ein vorzüglicher Geschäftsmann.«

»Weißt du das?«

»Er hat's hinter den Ohren. Der Mann macht Geld.«

Da mußte er gehen. Es gab noch zu tun. Er zahlte sein Bier und ging direkt über die gemähte Wiese, und als er hinter dem nächsten Bühel schon eine Weile verschwunden war, kam noch ein langer Strich Pfeifenrauch von dorther, denn Becker lief gegen den Wind. Im Stall fingen die Kühe satt und langsam zu brüllen an, auf der Dorfstraße tauchten die ersten Feierabendgestalten auf, und als ich nach einer kleinen Weile um mich schaute, waren die Berge schon blauschwarz, und der Himmel war nicht mehr rot, sondern grünlichblau und sah aus, als müßte jeden Augenblick der erste Stern herauskommen.

Das kurze Gespräch mit dem Verwalter hatte meinem Denkerstolz einen leisen Tritt versetzt, und da es so ein schöner Abend und doch schon ein Loch in meinem Selbstbewußtsein war, kam meine Liebe zu der Marmormüllerin plötzlich über mich und ließ mich fühlen, daß mit Leidenschaften nicht zu spielen sei. Ich trank noch manche Halbe aus, und als nun wirklich die Sterne herauswaren und als von der Gasse so ein rührendes Volkslied herüberklang, da hatte ich meine Weisheit und meinen Hut auf der Bank liegen lassen, lief langsam in die dunkeln Felder hinein und ließ im Gehen die Tränen laufen, wie sie wollten.

Aber durch die Tränen hindurch sah ich das sommernächtige Land daliegen, die mächtige

Flucht der Ackerfelder schwoll am Horizont wie eine starke und weiche Woge in den Himmel, seitwärts schlief atmend der weithin gestreckte Wald, und hinter mir lag fast verschwunden das Dorf, mit wenig Lichtlein und wenigen leisen und fernen Tönen. Himmel, Ackerland, Wald und Dorf samt den vielerlei Wiesendüften und dem vereinzelt noch hörbaren Grillengeläut floß alles ineinander und umgab mich lau und sprach zu mir wie eine schöne, froh und traurig machende Melodie. Nur die Sterne ruhten klar und unbewegt in halbdunkeln Höhen. Ein scheues und doch brennendes Begehren, eine Sehnsucht rang sich in mir auf; ich wußte nicht, war es ein Hindrängen zu neuen, unbekannten Freuden und Schmerzen oder ein Verlangen, rückwärts in die Kinderheimat zu wandern, mich an den väterlichen Gartenzaun zu lehnen, die Stimmen der toten Eltern und das Kläffen unseres toten Hundes noch einmal zu hören und mich auszuweinen.

Ohne es zu wollen, kam ich in den Wald und durch dürres Gezweige und schwüle Finsternis, bis es vor mir plötzlich geräumig und helle ward, und dann stand ich lange zwischen den hohen Tannen über dem engen Sattelbachtal, und drunten lag das Lampartsche Anwesen mit den blassen Marmorhaufen und dem dunkel brausenden schmalen Wehr. Bis ich mich schämte und querfeldein den nächsten Heimweg nahm.

Am nächsten Tage hatte Gustav Becker mein Geheimnis schon heraus.

»Mach doch keine Redensarten«, sagte er, »du bist ja einfach in die Lampart verschossen. Das Unglück ist ja nicht so groß. Du bist in dem Alter, daß dir dergleichen ohne Zweifel noch öfter passieren wird.«

Mein Stolz regte sich schon wieder mächtig.

»Nein, mein Lieber«, sagte ich, »da hast du mich doch unterschätzt. Über so knabenhafte Liebeleien sind wir hinaus. Ich hab mir alles wohl überlegt und finde, ich könnte gar keine bessere Heirat tun.«

»Heiraten?« lachte Becker. »Junge, du bist reizend.«

Da wurde ich ernstlich zornig, lief aber doch nicht fort, sonden ließ mich darauf ein, dem Verwalter meine Gedanken und Pläne in dieser Sache weitläufig zu erzählen.

»Du vergißt eine Hauptsache«, sagte er dann ernsthaft und nachdrücklich. »Die Lamparts sind nichts für dich, das sind Leute von einem schweren Kaliber. Verlieben kann man sich ja in wen man will, aber heiraten darf man nur jemanden, mit dem man nachher auch fertig werden und Tempo einhalten kann.«

Da ich Gesichter schnitt und ihn heftig unterbrechen wollte, lachte er plötzlich wieder und meinte: »Na, dann tummle dich, mein Sohn, und auch viel Glück dazu!«

Von da an sprach ich eine Zeitlang oft mit ihm darüber. Da er selten von der Sommerarbeit abkommen konnte, führten wir fast alle diese Gespräche unterwegs im Felde oder in Stall und Scheuer. Und je mehr ich redete, desto klarer und abgerundeter stand die ganze Sache vor mir.

Nur wenn ich in der Marmorsäge saß, fühlte ich mich bedrückt und merkte wieder, wie weit ich noch vom Ziele war. Das Mädchen war stets von derselben freundlich stillen Art, mit einem Anflug von Männlichkeit, der mir köstlich schien und mich doch schüchtern machte. Zuweilen wollte es mir scheinen, sie sähe mich gern und habe mich heimlich lieb; sie konnte mich je und je so selbstvergessen und prüfend ansehen, wie etwas, woran man Freude hat. Auch ging sie ganz ernsthaft auf meine klugen Reden ein, schien aber im Hintergrund eine unumstößlich andre Meinung zu haben.

Einmal sagte sie: »Für die Frauen oder wenigstens für mich sieht das Leben doch anders aus. Wir müssen vieles tun und geschehen lassen, was ein Mann anders machen könnte. Wir sind nicht so frei . . .«

Ich sprach davon, daß jedermann sein Schicksal in der Hand habe und sich ein Leben schaffen müsse, das ganz sein Werk sei und ihm gehöre.

»Ein Mann kann das vielleicht«, meinte sie. »Das weiß ich nicht. Aber bei uns ist das anders. Auch wir können etwas aus unserm Leben machen, aber es gilt da mehr, das Notwendige mit Vernunft zu tragen, als eigne Schritte zu tun.«

Und als ich nochmals widersprach und eine hübsche kleine Rede losließ, wurde sie wärmer und sagte fast leidenschaftlich:

»Bleiben Sie bei Ihrem Glauben und lassen

Sie mir meinen! Sich das Schönste vom Leben heraussuchen, wenn man die Wahl hat, ist keine so große Kunst. Aber wer hat denn die Wahl? Wenn Sie heute oder morgen unter ein Wagenrad kommen und Arme und Beine verlieren, was fangen Sie dann mit ihren Luftschlössern an? Dann wären Sie froh, Sie hätten gelernt, mit dem, was über Sie verhängt ist, auszukommen. Aber fangen Sie nur das Glück, ich gönne es Ihnen, fangen Sie's nur!«

Sie war nie so lebhaft gewesen. Dann wurde sie still, lächelte sonderbar und hielt mich nicht, als ich aufstand und für heute Abschied nahm. Ihre Worte beschäftigten mich nun öfters und gingen mir meistens in ganz unpassenden Augenblicken wieder durch den Kopf. Ich hatte im Sinn, mit meinem Freunde auf dem Rippacher Hof darüber zu reden; doch wenn ich Beckers kühle Augen und spottbereit zuckende Lippen ansah, verging mir immer die Lust. Überhaupt kam es allmählich so, daß ich, je mehr meine Gespräche mit Fräulein Lampart persönlicher und merkwürdiger wurden, desto weniger über sie mit dem Verwalter sprach. Auch schien die Sache ihm nimmer wichtig zu sein.

Höchstens fragte er hier und da, ob ich auch fleißig ins Marmorwerk laufe, neckte mich ein wenig und ließ es wieder gut sein, wie es in seinem Wesen lag.

Einmal traf ich ihn zu meinem Erstaunen in der Lampartschen Einsiedelei. Er saß, als ich eintrat, in der Wohnstube beim Hausherrn, das übliche Glas Wein vor sich. Als er es leer hatte, war es mir eine Art Genugtuung, zu sehen, daß auch ihm kein zweites angeboten wurde. Er brach bald auf, und da Lampart beschäftigt schien und die Tochter nicht da war, schloß ich mich an.

»Was führt denn dich daher?« fragte ich ihn, als wir auf der Straße waren. »Du scheinst den Lampart ja ganz gut zu kennen.«

»'s geht an.«

»Hast du Geschäfte mit ihm?«

»Geldgeschäfte, ja. Und das Lämmlein ist heute nicht dagewesen, wie? Dein Besuch war so kurz.«

»Ach laß doch!«

Ich war mit dem Mädchen in eine ganz vertrauliche Freundschaftlichkeit gekommen, ohne indessen je mit Wissen etwas von meiner stetig zunehmenden Verliebtheit merken zu lassen. Jetzt nahm sie wider all mein Erwarten plötzlich wieder ein andres Wesen an, das mir fürs erste wieder alle Hoffnung raubte. Scheu war sie eigentlich nicht, aber sie schien einen Weg in das frühere Fremdsein zurück zu suchen und bemühte sich, unsere Unterhaltung an äußere und allgemeine Dinge zu fesseln und den angefangenen herzlichen Verkehr mit mir nicht weiter gedeihen zu lassen.

Ich grübelte nach, lief im Wald herum und kam auf tausend dumme Vermutungen, wurde nun selber noch unsicherer in meinem Benehmen gegen sie und kam in ein kümmerliches Sorgen und Zweifeln hinein, das ein Hohn auf meine ganze Glücksphilosophie war. Mittlerweile war auch mehr als die Hälfte meiner Ferienzeit verstrichen, und ich fing an, die Tage zu zählen und jedem unnütz verbummelten mit Neid und Verzweiflung nachzublicken, als wäre jedesmal gerade der unendlich wichtig und unwiederbringlich.

Zwischenhinein kam ein Tag, an dem ich aufatmend und fast erschrocken alles gewonnen glaubte und einen Augenblick vor dem offenen Tor des Glücksgartens stand. Ich kam bei der Sägerei vorüber und sah Helene im Gärtchen zwischen den hohen Dahlienbüschen stehen. Da ging ich hinein, grüßte und half ihr eine liegende Staude anpfählen und aufbinden. Es war höchstens eine Viertelstunde, daß ich dort blieb. Mein Hereinkommen hatte sie überrascht, sie war viel befangener und scheuer als sonst, und in ihrem Scheusein lag etwas, das ich wie eine deutliche Schrift glaubte lesen zu können. Sie hat mich lieb, fühlte ich durch und durch, und da wurde ich plötzlich sicher und froh, sah auf das große, stattliche Mädchen zärtlich und fast mit Mitleid, wollte ihre Befangenheit schonen und tat, als sähe ich nichts, kam mir auch wie ein Held vor, als ich nach kurzer Zeit ihr die Hand gab und weiterging, ohne nur zurückzusehen. Sie hat mich lieb, empfand ich mit allen Sinnen, und morgen wird alles gut werden.

Es war wieder ein prachtvoller Tag. Über den Sorgen und Aufregungen hatte ich für eine Weile fast den Sinn für die schöne Jahreszeit verloren und war ohne Augen herumgelaufen. Nun war wieder der Wald von Licht durchzittert, der Bach war wieder schwarz, braun und silbern, die Ferne licht und zart, auf den Feldwegen lachten rot und blau die Röcke der Bauernweiber. Ich war so andächtig froh, ich hätte keinen Schmetterling verjagen mögen. Am oberen Waldrande, nach einem heißen Steigen, legte ich mich hin, übersah die fruchtbare Weite bis zum fernen runden Staufen hin, gab mich der Mittagssonne preis und war mit der schönen Welt und mit mir und allem von Herzen zufrieden.

Es war gut, daß ich diesen Tag nach Kräften genoß, verträumte und versang. Abends trank ich sogar im Adlergarten einen Schoppen vom besten alten Roten.

Als ich tags darauf bei den Marmorleuten vorsprach, war dort alles im alten kühlen Zustande. Vor dem Anblick der Wohnstube, der Möbel und der ruhig-ernsten Helene stob meine Sicherheit und mein Siegesmut davon, ich saß da, wie ein armer Reisender auf der Treppe sitzt, und ging nachher davon wie ein nasser Hund, jammervoll nüchtern. Passiert war nichts. Helene war sogar ganz freundlich gewesen. Aber von dem gestrigen Gefühl war nichts mehr da.

An diesem Tage begann die Sache für mich

bitter ernst zu werden. Ich hatte eine Ahnung vom Glücke vorausgeschmeckt.

Nun verzehrte mich die Sehnsucht wie ein gieriger Hunger, Schlaf und Seelenruhe waren dahin. Die Welt versank um mich her, und ich blieb abgetrennt in einer Einsamkeit und Stille zurück, in der ich nichts vernahm als das leise und laute Schreien meiner Leidenschaft. Mir hatte geträumt, das große, schöne, ernste Mädchen käme zu mir und lege sich an meine Brust; jetzt streckte ich weinend und fluchend die Arme ins Leere aus und schlich bei Tag und Nacht um die Marmormühle, wo ich kaum mehr einzukehren wagte.

Es half nichts, daß ich mir vom Verwalter Becker ohne Widerspruch die spöttische Predigt einer glaubenslosen Nüchternheit gefallen ließ. Es half nichts, daß ich Stunden auf Stunden durch die Bruthitze über Feld lief oder mich in die kalten Waldbäche legte, bis mir die Zähne klapperten. Es half auch nichts, daß ich am Samstagabend mich an einem Raufhandel im Dorfe beteiligte und den Leib voller Beulen gehauen bekam.

Und die Zeit lief weg wie Wasser. Noch vierzehn Tage Ferien! Noch zwölf Tage!

Noch zehn! Zweimal in dieser Zeit ging ich in die Sägerei. Das eine Mal traf ich nur den Vater an, ging mit ihm zur Säge und sah stumpfsinnig zu, wie ein neuer Block eingespannt wurde. Herr Lampart ging in den Vorratsschuppen hinüber, um irgend etwas zu besorgen, und als er nicht gleich wiederkam, lief ich fort und hatte im Sinn, nimmer herzukommen.

Trotzdem stand ich nach zwei Tagen wieder da. Helene empfing mich wie immer, und ich konnte den Blick nicht von ihr lassen. In meiner fahrigen und haltlosen Stimmung kramte ich gedankenlos eine Menge von dummen Witzen, Redensarten und Anekdoten aus, die sie sichtlich ärgerten.

»Warum sind Sie heut so?« fragte sie schließlich und sah mich so schön und offen an, daß mir das Herz zu schlagen begann.

»Wie denn?« fragte ich, und der Teufel wollte, daß ich dabei zu lachen versuchte.

Das mißglückte Lachen gefiel ihr nicht, sie zuckte die Achseln und sah traurig aus. Mir war einen Augenblick, sie habe mich gern gehabt und mir entgegenkommen wollen und sei nun darum betrübt. Eine Minute lang schwieg ich beklommen, da war der Teufel wieder da, daß ich in die vorige Narrenstimmung zurückfiel und wieder ins Geschwätz geriet, von dem jedes Wort mir selber weh tat und das Mädchen ärgern mußte. Und ich war jung und dumm genug, meinen Schmerz und meine widersinnige Narrheit fast wie ein Schauspiel zu genießen und im Bubentrotz die Kluft zwischen mir und ihr wissentlich zu vergrößern, statt mir lieber die Zunge abzubeißen oder Helene ehrlich um Verzeihung zu bitten.

Dann verschluckte ich mich in der Hast am Wein, mußte husten und verließ Stube und Haus elender als jemals.

Nun waren von meiner Ferienzeit nur noch acht Tage übrig.

Es war ein so schöner Sommer, es hatte alles so verheißungsvoll und heiter angefangen. Jetzt war meine Freude dahin – was sollte ich noch mit den acht Tagen anfangen? Ich war entschlossen, schon morgen abzureisen.

Aber vorher mußte ich noch einmal in ihr Haus. Ich mußte noch einmal hingehen, ihre kraftvoll edle Schönheit anschauen und ihr sagen: Ich habe dich lieb, warum hast du mit mir gespielt?

Zunächst ging ich zu Gustav Becker auf den Rippacher Hof, den ich neuerdings etwas vernachlässigt hatte. Er stand in seiner großen, kahlen Stube an einem lächerlich schmalen Stehpult und schrieb Briefe.

»Ich will dir adieu sagen«, sagte ich, »wahrscheinlich geh ich schon morgen fort. Weißt du, es muß jetzt wieder an ein strammes Arbeiten gehen.«

Zu meiner Verwunderung machte der Verwalter gar keine Witze. Er schlug mir auf die Schulter, lächelte fast mitleidig und sagte: »So, so. Ja, dann geh in Gottes Namen, Junge!«

Und als ich schon unter der Tür war, zog er mich noch einmal in die Stube zurück und sagte: »Du, hör mal, du tust mir leid. Aber daß das mit dem Mädel nichts werden würde, hab ich gleich gewußt. Du hast da so je und je deine Weisheitssprüche verzapft – halte dich jetzt dran und bleib im Sattel, wenn dir auch der Schädel brummt!«

Das war vor Mittag.

Den Nachmittag saß ich im Moos am Abhang, steil über der Sattelbachschlucht, und schaute auf den Bach und die Werke und auch auf das Lampartsche Haus hinunter. Ich ließ mir Zeit, Abschied zu nehmen und zu träumen und nachzudenken, namentlich über das, was Becker mir gesagt hatte. Mit Schmerzen sah ich die Schlucht und die paar Dächer unten liegen, den Bach glänzen und die weiße Fahrstraße im leichten Winde stäuben; ich bedachte, daß ich nun für eine lange Zeit nicht hierher zurückkommen würde, während hier Bach und Mühlwerke und Menschen ihren stetigen Lauf weitergingen. Vielleicht wird Helene einmal ihre Resignation und Schicksalsruhe wegwerfen und ihrem inneren Verlangen nach ein kräftiges Glück oder Leid ergreifen und sich daran sättigen? Vielleicht, wer weiß, wird auch mein eigner Weg noch einmal sich aus Schluchten und Talgewirre hervorwinden und in ein klares, weites Land der Ruhe führen? – Wer weiß?

Ich glaubte nicht daran. Mich hatte zum erstenmal eine echte Leidenschaft in die Arme genommen, und ich wußte keine Macht in mir stark und edel genug, sie zu besiegen.

Es kam mir der Gedanke, lieber abzureisen,

ohne noch einmal mit Helene zu sprechen. Das war gewiß das beste. Ich nickte ihrem Haus und Garten zu, beschloß, sie nicht mehr sehen zu wollen, und blieb Abschied nehmend bis gegen den Abend in der Höhe liegen.

Träumerisch ging ich weg, waldabwärts, oft in der Steile strauchelnd, und erwachte erst mit heftigem Erschrecken aus meiner Versunkenheit, als meine Schritte auf den Marmorsplittern des Hofes krachten und ich mich vor der Tür stehen fand, die ich nicht mehr hatte sehen und anrühren wollen. Nun war es zu spät.

Ohne zu wissen, wie ich hereingekommen war, saß ich dann innen in der Dämmerung am Tisch, und Helene saß mir gegenüber, mit dem Rücken gegen das Fenster, schwieg und sah in die Stube hinein. Es kam mir vor, ich sitze schon lange so da und habe schon stundenlang gehockt und geschwiegen. Und indem ich jetzt aufschrak, kam mir plötzlich zum Bewußtsein, es sei das letztemal.

»Ja«, sagte ich, »ich bin nun am Adieusagen. Meine Ferien sind aus.«

»Ach?«

Und wieder war alles still. Man hörte die Arbeiter im Schuppen hantieren, auf der Straße fuhr ein Lastwagen langsam vorbei, und ich horchte ihm nach, bis er um die Biegung war und verklang. Ich hätte gern dem Wagen noch lange, lange nachgelauscht. Nun riß es mich vom Stuhl auf, ich wollte gehen.

Ich trat zum Fenster hinüber. Auch sie stand auf und sah mich an. Ihr Blick war fest und ernst und wich mir eine ganze lange Weile nicht aus.

»Wissen Sie nimmer«, sagte ich, »damals im Garten?«

»Ja, ich weiß.«

»Helene, damals meinte ich, Sie hätten mich lieb. Und jetzt muß ich gehen.«

Sie nahm meine ausgestreckte Hand und zog mich ans Fenster.

»Lassen Sie sich noch einmal ansehen«, sagte sie und bog mit der linken Hand mein Gesicht in die Höhe. Dann näherte sie ihre Augen den meinen und sah mich seltsam fest und steinern an. Und da mir nun ihr Gesicht so nahe war, konnte ich nicht anders und legte meinen Mund auf ihren. Da schloß sie die Augen und gab mir den Kuß zurück, und ich legte den Arm um sie, zog sie fest an mich und fragte leise: »Schatz, warum erst heut?«

»Nicht reden!« sagte sie. »Geh jetzt fort und komm in einer Stunde wieder. Ich muß drüben nach den Leuten sehen. Der Vater ist heut nicht da.«

Ich ging und schritt davon, talabwärts durch unbekannte, merkwürdige Gegenden, zwischen blendend lichten Wolkenbildern, hörte nur wie im Traume zuweilen den Sattelbach rauschen und dachte an lauter ganz entfernte, wesenlose Dinge – an kleine drollige oder rührende Szenen aus meiner Kleinkinderzeit und dergleichen Geschichten, die aus den Wolken heraus mit halbem Umriß erstanden und, ehe ich sie ganz erkennen konnte, wieder untergingen. Ich sang auch im Gehen ein Lied vor mich hin, aber es war ein gewöhnlicher Gassenhauer. So irrte ich in fremden Räumen, bis eine seltsame, süße Wärme mich wohlig durchdrang und die große, kräftige Gestalt Helenes vor meinen Gedanken stand. Da kam ich zu mir, fand mich weit unten im Tal bei anbrechender Dämmerung und eilte nun schnell und freudig zurück.

Sie wartete schon, ließ mich durch Haustor und Stubentür ein, da setzten wir uns beide auf den Tischrand, hielten unsre Hände ineinander und sprachen kein Wort. Es war lau und dunkel, ein Fenster stand offen, in dessen Höhe über dem Bergwald ein schmaler Strich des blassen Himmels schimmerte, von spitzigen Tannenkronen schwarz durchschnitten. Wir spielten jedes mit des andern Fingern, und mich überlief bei jedem leichten Druck ein Schauer von Glück.

»Helene!«

»Ja?«

»O du!«

Und unsere Finger tasteten aneinander, bis sie stille wurden und ruhig ineinanderlagen. Ich schaute auf den bleichen Himmelsspalt, und nach einer Zeit, als ich mich umwandte, sah ich auch sie dorthin blicken und sah mitten im Dunkel ein schwaches Licht von dorther in ihren Augen und in zwei großen, unbeweglich an ihren Lidern hängenden Tränen widerglänzen. Die küßte ich langsam hinweg und wunderte mich, wie kühl und salzig sie schmeckten. Da zog sie mich an sich, küßte mich lang und mächtig und stand auf.

»Es ist Zeit. Jetzt mußt du gehen.«

Und als wir unter der Tür standen, küßte sie mich plötzlich noch einmal mit heftiger Leidenschaft, und dann zitterte sie so, daß es auch mich schüttelte, und sagte mit einer kaum mehr hörbaren, erstickenden Stimme:

»Geh, geh! Hörst du, geh jetzt!« Und als ich draußen stand: »Adieu, du! Komm nimmer, komm nicht wieder! Adieu!«

Ehe ich etwas sagen konnte, hatte sie die Tür zugezogen. Mir war bang und unklar ums Herz, doch überwog mein großes Glücksgefühl, das mich auf dem Heimweg wie ein Flügelbrausen umgab. Ich ging mit schallenden Tritten, ohne es doch zu spüren, und daheim tat ich die Kleider ab und legte mich im Hemd ins Fenster.

So eine Nacht möchte ich noch einmal haben. Der laue Wind tat mir wie eine Mutterhand, vor dem hochgelegenen Fensterchen flüsterten und dunkelten die großen, runden Kastanienbäume, ein leichter Felderduft wehte hin und wieder durch die Nacht, und in der Ferne flog das Wetterleuchten golden zitternd über den schweren Himmel. Ein leises fernes Donnern tönte je und je herüber, schwach und von fremdartigem Klang, als ob irgendwo, weit weg die Wälder und Berge im Schlafe sich regten und schwere, müde Traumworte lallten. Das alles sah und hörte ich wie ein König von meiner hohen Glücksburg herab, es gehörte mir und war nur da, um meiner tiefen Lust ein schöner Rastort zu sein. Mein Wesen atmete in Wonne auf und verlor sich wie ein Liebesvers hinströmend und doch unerschöpft in die Nachtweite über das schlafende Land, an die ferne leuchtenden Wolken streifend, von jedem aus der Schwärze sich wölbenden Baum und von jedem matten Hügelfirst wie von Liebeshänden berührt. Es ist nichts, um es mit Worten zu sagen, aber es lebt noch unverloren in mir weiter, und ich könnte, wenn es dafür eine Sprache gäbe, jede in die Dunkelheit verlaufende Bodenwelle, jedes Wipfelgeräusch, die Adern der entfernten Blitze und den geheimen Rhythmus des Donners noch genau beschreiben.

Nein, ich kann es nicht beschreiben. Das Schönste und Innerlichste und Köstlichste kann man ja nicht sagen. Aber ich wollte, jene Nacht käme mir noch einmal wieder.

Wenn ich vom Verwalter Becker nicht schon Abschied genommen hätte, wäre ich gewiß am folgenden Morgen zu ihm gegangen. Stattdessen trieb ich mich im Dorf herum und schrieb dann einen langen Brief an Helene. Ich meldete mich auf den Abend an und machte ihr eine Menge Vorschläge, setzte ihr genau und ernsthaft meine Umstände und Aussichten auseinander und fragte, ob sie es für gut halte, daß ich gleich mit ihrem Vater rede, oder ob wir damit noch warten wollten, bis ich der in Aussicht stehenden Anstellung und damit der nächsten Zukunft sicher wäre. Und abends ging ich zu ihr. Der Vater war wieder nicht da; es war seit einigen Tagen einer seiner Lieferanten in der Gegend, der ihn in Anspruch nahm.

Ich küßte meinen schönen Schatz, zog ihn in die Stube und fragte nach meinem Brief. Ja, sie hatte ihn erhalten. Und was sie denn darüber denke? Sie schwieg und sah mich flehentlich an, und da ich in sie drang, legte sie mir die Hand auf den Mund, küßte mich auf die Stirn und stöhnte leise, aber so jammervoll, daß ich mir nicht zu helfen wußte. Auf all mein zärtliches Fragen schüttelte sie nur den Kopf, lächelte dann aus ihrem Schmerz heraus merkwürdig weich und fein, schlang den Arm um mich und saß wieder mit mir, ganz wie gestern, schweigend und hingegeben. Sie lehnte sich fest an mich, legte den Kopf an meine Brust, und ich küßte sie langsam, ohne etwas denken zu können, auf Haar und Stirn und Wange und Nacken, bis mir schwindelte. Ich sprang auf.

»Also soll ich morgen mit deinem Vater reden oder nicht?«

»Nein«, sagte sie, »bitte, nicht.«

»Warum denn? Hast du Angst?«

Sie schüttelte den Kopf.

»Also warum denn?«

»Laß nur, laß! Rede nicht davon. Wir haben noch eine Viertelstunde Zeit.«

Da saßen wir und hielten uns still umfangen, und während sie sich an mich schmiegte und bei jeder Liebkosung den Atem anhielt und schauerte, ging ihre Bedrücktheit und Schwermut auf mich über. Ich wollte mich wehren und redete ihr zu, an mich und an unser Glück zu glauben.

»Ja, ja«, nickte sie, »nicht davon reden! Wir sind ja jetzt glücklich.«

Darauf küßte sie mich mehrmals mit stummer Kraft und Glut und hing dann erschlaffend und müde in meinem Arm. Und als ich gehen mußte, und als sie mir in der Tür mit der Hand übers Haar strich, sagte sie mit halber Stimme: »Adieu, Schatz. Komm morgen nicht! Komm gar nicht wieder, bitte! Du siehst doch, daß es mich unglücklich macht.«

Mit einem quälenden Zwiespalt im Herzen ging ich heim und vergrübelte die halbe Nacht. Warum wollte sie nicht glauben und glücklich sein? Ich mußte an das denken, was sie mir schon vor einigen Wochen einmal gesagt hatte: »Wir Frauen sind nicht so frei wir ihr; man muß tragen lernen, was über einen verhängt ist.« Was war denn über sie verhängt?

Das mußte ich jedenfalls wissen, und darum schickte ich ihr am Vormittag einen Zettel und wartete abends, als das Werk stillstand und die Arbeiter alle gegangen waren, hinter dem Schuppen bei den Marmorblöcken. Sie kam spät und zögernd herüber.

»Warum bist du gekommen? Laß es jetzt genug sein. Der Vater ist drinnen.«

»Nein«, sagte ich, »du mußt mir jetzt sagen,

was du auf dem Herzen hast, alles und alles, ich gehe nicht eher weg.«

Helene sah mich ruhig an und war so blaß wie die Steinplatten, vor denen sie stand.

»Quäl mich nicht«, flüsterte sie mühsam. »Ich kann dir nichts sagen, ich will nicht. Ich kann dir nur sagen – reise ab, heut oder morgen, und vergiß das, was jetzt ist. Ich kann nicht dir gehören.«

Sie schien trotz der lauen Juliabendluft zu frieren, so zitterte sie. Schwerlich habe ich je eine ähnliche Qual empfunden wie in diesen Augenblicken. Aber so konnte ich nicht gehen.

»Sag mir jetzt alles«, wiederholte ich, »ich muß es wissen.«

Sie sah mich an, daß mir alles weh tat. Aber ich konnte nicht anders.

»Rede«, sagte ich fast rauh, »sonst geh ich jetzt im Augenblick zu deinem Vater hinüber.«

Sie richtete sich unwillig auf und war in ihrer Blässe bei dem Dämmerlicht von einer traurigen und großartigen Schönheit. Sie sprach ohne Leidenschaft, aber lauter als vorher.

»Also. Ich bin nicht frei, und du kannst mich nicht haben. Es ist schon ein andrer da. Ist das genug?«

»Nein«, sagte ich, »das ist nicht genug. Hast du denn den andern lieb? Lieber als mich?«

»O du!« rief sie heftig. »Nein, nein, ich habe ihn ja nicht lieb. Aber ich bin ihm versprochen, und daran ist nichts zu ändern.«

»Warum nicht? Wenn du ihn nicht magst!«

»Damals wußte ich ja noch nichts von dir. Er gefiel mir; lieb hatte ich ihn nicht, aber es war ein rechter Mann, und ich kannte keinen andern. Da hab ich ja gesagt, und jetzt ist es so und muß so bleiben.«

»Es muß nicht, Helene. So etwas kann man doch zurücknehmen.«

»Ja, schon. Aber es ist nicht um jenen, es ist um den Vater. Dem darf ich nicht untreu werden –«

»Aber ich will mit ihm reden –«

»O du Kindskopf! Verstehst du denn gar nichts –?«

Ich sah sie an. Sie lachte fast.

»Verkauft bin ich, von meinem Vater und mit meinem Willen verkauft, für Geld. Im Winter ist Hochzeit.«

Sie wendete sich ab, ging ein paar Schritte weit und kehrte wieder um.

Und sagte: »Schatz, sei tapfer! Du darfst nicht mehr kommen, du darfst nicht –«

»Und bloß ums Geld?« mußte ich fragen.

Sie zuckte die Achseln.

»Was liegt daran? Mein Vater kann nimmer zurück, er ist so fest angebunden wie ich. Du kennst ihn nicht! Wenn ich ihn im Stich lasse, gibt es ein Unglück. Also sei brav, sei gescheit, du Kind!«

Und dann brach sie plötzlich aus: »Versteh doch, du, und bring mich nicht um! – Jetzt kann ich noch, wie ich will. Aber wenn du mich noch einmal anrührst – ich halte das nimmer aus ... Ich kann dir keinen Kuß mehr geben, sonst gehen wir alle verloren.«

Einen Augenblick war alles stille, so stille, daß man im Haus drüben den Vater auf und ab gehen hörte.

»Ich kann heute nichts entscheiden«, war meine Antwort. »Willst du mir nicht noch sagen – wer es ist?«

»Der andere? Nein, es ist besser, du weißt es nicht. Oh, komm jetzt nicht wieder – mir zulieb!«

Sie ging ins Haus, und ich sah ihr nach. Ich wollte fortgehen, vergaß es aber und setzte mich auf die kühlen weißen Steine, hörte dem Wasser zu und fühlte nichts als ein Gleiten, Gleiten und Hinwegströmen ohne Ende. Es war, als liefe mein Leben und Helenens Leben und viele ungezählte Schicksale an mir vorbei dahin, schluchtabwärts ins Dunkle, gleichgültig und wortlos wie Wasser. Wie Wasser ...

Spät und todmüde kam ich nach Haus, schlief und stand am Morgen wieder auf, beschloß, den Koffer zu packen, vergaß es wieder und schlenderte nach dem Frühstück in den Wald. Es wurde kein Gedanke in mir fertig, sie stiegen nur wie Blasen aus einem stillen Wasser in mir auf und platzten und waren nichts mehr, sobald sie sichtbar geworden waren.

Also jetzt ist alles aus, dachte ich hier und da, aber es war kein Bild, keine Vorstellung dabei; es war nur ein Wort, ich konnte dazu aufatmen und mit dem Kopf nicken, war aber so klug wie vorher.

Erst im Verlauf des Nachmittags wachten die Liebe und das Elend in mir auf und drohten mich zu überwältigen. Auch dieser Zustand war kein Boden für gute und klare Gedanken, und statt mich zu zwingen und eine besonnene Stunde abzuwarten, ließ ich mich fortreißen und legte mich in der Nähe des Marmorwerks auf die Lauer, bis ich den Herrn Lampart das Haus verlassen und talaufwärts auf der Landstraße gegen das Dorf hin verschwinden sah.

Da ging ich hinüber.

Als ich eintrat, schrie Helene auf und sah mich tief verwundet an.

»Warum?« stöhnte sie. »Warum noch einmal?«

Ich war ratlos und beschämt und bin mir nie so jämmerlich vorgekommen wie da. Die Tür hatte ich noch in der Hand, aber es ließ mich nicht fort, so ging ich langsam zu ihr hin, die mich mit angstvollen, leidenden Blicken ansah.

»Verzeih, Helene«, sagte ich nun.

Sie nickte vielemal, blickte zu Boden und wieder auf, wiederholte immer: »Warum? O du! O du!« In Gesicht und Gebärden schien sie älter und reifer und mächtiger geworden zu sein, ich erschien mir daneben fast wie ein Knabe.

»Nun, also?« fragte sie schließlich und versuchte zu lächeln.

»Sag mir noch etwas«, bat ich beklommen, »damit ich gehen kann.«

Ihr Gesicht zuckte, ich glaubte, sie würde jetzt in Tränen ausbrechen. Aber da lächelte sie unversehens, ich kann nicht sagen wie weich und aus Qualen heraus, und richtete sich auf und sagte ganz flüsternd: »Komm doch, warum stehst du so steif da!« Und ich tat einen Schritt und nahm sie in die Arme. Wir hielten uns mit allen Kräften umklammert, und während bei mir die Lust sich immer mehr mit Bangigkeit und Schrecken und verhaltenem Schluchzen mischte, wurde sie zusehends heiter, streichelte mich wie ein Kind, nannte mich mit phantastischen Kosenamen, biß mich in die Hand und war erfinderisch in kleinen Liebestorheiten. In mir kämpfte ein tiefes Angstgefühl gegen die treibende Leidenschaft, ich fand keine Worte und hielt Helene an mich gezogen, während sie mich mutwillig und schließlich lachend liebkoste und neckte.

»Sei doch ein bißchen froh, du Eiszapfen!« rief sie mir zu und zog mich am Schnurrbart.

Und ich fragte ängstlich: »Ja, glaubst du jetzt, daß es doch noch gut wird? Wenn du doch nicht mir gehören kannst –.«

Sie faßte meinen Kopf mit ihren beiden Händen, sah mir ganz nah ins Gesicht und sagte: »Ja, nun wird alles gut.«

»Dann darf ich hierbleiben und morgen wiederkommen und mit deinem Vater sprechen?«

»Ja, dummer Bub, das darfst du alles. Du darfst sogar im Gehrock kommen, wenn du einen hast. Morgen ist sowieso Sonntag.«

»Jawohl, ich hab einen«, lachte ich und war auf einmal so kindisch froh, daß ich sie mitriß und ein paarmal mit ihr durch das Zimmer walzte. Dann strandeten wir an der Tischecke, ich hob sie auf meinen Schoß, sie legte die Stirn an meine Wange, und ich spielte mit ihrem dunkeln, dicken Haar, bis sie aufsprang und zurücktrat und ihr Haar wieder aufsteckte, mir mit dem Finger drohte und rief: »Jeden Augenblick kann der Vater kommen. Sind wir Kindsköpfe!«

Ich bekam noch einen Kuß und noch einen und aus dem Strauß vom Fenstersims eine Resede an den Hut. Es ging gegen den Abend, und da es Samstag war, fand ich im Adler allerlei Gesellschaft, trank einen Schoppen, schob eine Partie Kegel mit und ging dann zeitig heim. Dort holte ich den Gehrock aus dem Schrank, hängte ihn über die Stuhllehne und betrachtete ihn mit Wohlgefallen. Er war so gut wie neu, seinerzeit zum Examen gekauft und seither fast nie getragen. Das schwarze, glänzende Tuch erweckte lauter feierliche und würdevolle Gedanken in mir. Statt ins Bett zu gehen, setzte ich mich hin und überlegte, was ich morgen Helenens Vater zu sagen hätte. Genau und deutlich stellte ich mir vor, wie ich vor ihn treten würde, bescheiden und doch mit Würde, malte mir seine Einwände, meine Erwiderungen, ja auch seine und meine Gedanken und Gebärden aus. Ich sprach sogar laut, wie ein sich übender Prediger, und machte die nötigen Gesten dazu, und noch als ich schon im Bette lag und nahe am Einschlafen war, deklamierte ich einzelne Sätze aus der mutmaßlichen Unterredung von morgen her.

Dann war es Sonntagmorgen. Ich blieb, um nochmals in Ruhe nachzudenken, im Bett liegen, bis die Kirchenglocken läuteten. Während der Kirchzeit zog ich mein Statskleid an, mindestens so umständlich und peinlich wie damals vor dem Examen, rasierte mich, trank meine Morgenmilch und hatte Herzklopfen. Unruhig wartete ich, bis der Gottesdienst aus war, und schritt, als kaum das Ausläuten vertönt hatte, langsam und ernsthaft und die staubigen Wegstellen vermeidend, durch den schon heißen, dunstigen Vormittag die Straße zum Sattelbach und talabwärts meinem Ziel entgegen. Trotz meiner Behutsamkeit geriet ich in dem Gehrock und hohen Kragen in ein leises Schwitzen.

Als ich die Marmorsäge erreichte, standen im Weg und auf dem Hofe zu meinem Erstaunen und Unbehagen einige Leute aus dem Dorf herum, auf irgend etwas wartend und in kleinen Gruppen leise redend, wie etwa bei einer Gant.

Doch mochte ich niemand fragen, was das bedeute, und ging an den Leuten vorbei zur Haustür, verwundert und beklommen wie in einem ängstlich sonderbaren Traume. Eintretend stieß ich in dem Flur auf den Verwalter Becker, den ich kurz und verlegen grüßte. Es war mir peinlich, ihn da zu treffen, da er doch glauben mußte, ich sei längst abgereist. Doch schien er daran nimmer zu denken. Er sah angestrengt und müde aus, auch blaß.

»So, kommst du auch?« sagte er nickend und mit ziemlich bissiger Stimme. »Ich fürchte, Teuerster, du bist heute hier entbehrlich.«

»Herr Lampart ist doch da?« fragte ich dagegen.

»Jawohl, wo soll er sonst sein?«

»Und das Fräulein?«

Er deutete auf die Stubentür.

»Da drinnen?«

Becker nickte und ich wollte eben anklopfen, als die Tür aufging und ein Mann herauskam. Dabei sah ich, daß mehrere Besucher in dem Zimmer herumstanden und daß die Möbel teilweise umgestellt waren.

Jetzt wurde ich stutzig.

»Becker, du, was ist hier geschehen? Was wollen die Leute? Und du, warum bist du hier?«

Der Verwalter drehte sich um und sah mich sonderbar an.

»Weißt du's denn nicht?« fragte er mit veränderter Stimme.

»Was denn? Nein.«

Er stellte sich vor mich hin und sah mir ins Gesicht.

»Dann geh nur wieder heim, Junge«, sagte er leise und fast weich und legte mir die Hand auf den Arm. Mir stieg im Hals ein Würgen auf, eine namenlose Angst flog mir durch alle Glieder.

Und Becker sah mich noch einmal so merkwürdig prüfend an. Dann fragte er leise: »Hast du gestern mit dem Mädchen gesprochen?« Und als ich rot wurde, hustete er gewaltsam, es klang aber wie ein Stöhnen.

»Was ist mit Helene? Wo ist sie?« schrie ich angstvoll heraus.

Becker ging auf und ab und schien mich vergessen zu haben. Ich lehnte am Pfosten des Treppengeländers und fühlte mich von fremden, blutlosen Gestalten beengend und höhnisch umflattert. Nun ging Becker wieder an mir vorbei, sagte: »Komm!« und stieg die Treppe hinauf, bis wo sie eine Biegung machte. Dort setzte er sich auf eine Stufe, und ich setzte mich neben ihn, meinen Gehrock rücksichtslos zerknitternd. Einen Augenblick war es totenstill im ganzen Haus, dann fing Becker zu sprechen an.

»Nimm dein Herz in die Hand und beiß auf die Zähne, Kleiner. Also die Helene Lampart ist tot, und zwar haben wir sie heut morgen vor der unteren Stellfalle aus dem Bach gezogen. – Sei still, sag nichts! Und nicht umfallen! Du bist nicht der einzige, dem das kein Spaß ist. Probier's jetzt und drück die Männlichkeit durch. Jetzt liegt sie in der Stube dort und sieht wieder schön genug aus, aber wie wir sie herausgeholt haben – das war bös, du, das war bös . . .«

Er hielt inne und schüttelte den Kopf.

»Sei still! Nichts sagen! Später ist zum Reden Zeit genug. Es geht mich näher an als dich. – Oder nein, lassen wir's; ich sag dir das alles dann morgen.«

»Nein«, bat ich, »Becker, sag mir's! Ich muß alles wissen.«

»Nun ja. Kommentar und so weiter steht dir jederzeit zu Diensten. Ich kann jetzt nur sagen, es war gut mit dir gemeint, daß ich dich all die Zeit hier ins Haus laufen ließ. Man weiß ja nie vorher. – Also, ich bin mit der Helene verlobt gewesen. Noch nicht öffentlich, aber –«

Im Augenblick meinte ich, ich müsse aufstehen und dem Verwalter mit aller Kraft ins Gesicht schlagen. Er schien es zu merken.

»Nicht so!« sagte er ruhig und sah mich an. »Wie gesagt, zu Erklärungen ist ein andermal Zeit.«

Wir saßen schweigend. Wie eine Gespensterjagd flog die ganze Geschichte zwischen Helene und Becker und mir an mir vorbei, so klar wie schnell. Warum hatte ich das nicht früher erfahren, warum es nicht selber gemerkt? Wieviel Möglichkeiten hätte es da noch gegeben! Nur ein Wort, nur eine Ahnung, und ich wäre still meiner Wege gegangen, und sie läge jetzt nicht dort drinnen.

Mein Zorn war schon erstickt. Ich fühlte wohl, daß Becker die Wahrheit ahnen mußte, und ich begriff, welche Last nun auf ihm lag, da er in seiner Sicherheit mich hatte spielen lassen und nun den größeren Teil der Schuld auf seiner Seele hatte. Jetzt mußte ich noch eine Frage tun.

»Du, Becker – hast du sie lieb gehabt? Ernstlich lieb gehabt?«

Er wollte etwas sagen, aber die Stimme brach ihm ab. Er nickte nur, zweimal, dreimal.

Und als ich ihn nicken sah, und als ich sah, wie diesem zähen und harten Menschen die Stimme versagte und wie auf seinem übernächtigten Gesicht die Muskeln so deutlich redend zuckten, da fiel mich das ganze Weh erst an.

Nach einer guten Weile, da ich durch die versiegenden Tränen aufschaute, stand jener vor mir und hielt mir die Hand hingestreckt. Ich nahm sie an und drückte sie, er stieg langsam vor mir her die steile Treppe hinunter und öffnete leise die Tür des Wohnzimmers, in dem Helene lag und das ich mit tiefem Grauen an jenem Morgen zum letztenmal betrat.

(1904)

Taedium vitae

Erster Abend

Es ist Anfang Dezember. Der Winter zögert noch, Stürme heulen und seit Tagen fällt ein dünner, hastiger Regen, der sich manchmal, wenn es ihm selber zu langweilig wird, für eine Stunde in nassen Schnee verwandelt. Die Straßen sind ungangbar, der Tag dauert nur sechs Stunden.

Mein Haus steht allein im freien Felde, umgeben vom heulenden Westwind, von Regendämmerung und Geplätscher, von dem braunen, triefenden Garten und schwimmenden bodenlos gewordenen Feldwegen, die nirgendshin führen. Es kommt niemand, es geht niemand, die Welt ist irgendwo in der Ferne untergegangen. Es ist alles, wie ich mir's oft gewünscht habe – Einsamkeit, vollkommene Stille, keine Menschen, keine Tiere, nur ich allein in einem Studierzimmer, in dessen Kamin der Sturm jammert und an dessen Fensterscheiben Regen klatscht.

Die Tage vergehen so: Ich stehe spät auf, trinke Milch, besorge den Ofen. Dann sitze ich im Studierzimmer, zwischen dreitausend Büchern, von denen ich zwei abwechselnd lese. Das eine ist die »Geheimlehre« der Frau Blavatsky, ein schauerliches Werk. Das andere ist ein Roman von Balzac. Manchesmal stehe ich auf, um ein paar Zigarren aus der Schublade zu holen, zweimal um zu essen. Die »Geheimlehre« wird immer dicker, sie wird nie ein Ende nehmen und mich ins Grab begleiten. Der Balzac wird immer dünner, er schwindet täglich, obwohl ich nicht viel Zeit an ihn wende.

Wenn mir die Augen weh tun, setze ich mich in den Lehnstuhl und schaue zu, wie die dürftige Tageshelle an den bücherbedeckten Wänden hinstirbt und versiegt. Oder ich stelle mich vor die Wände und schaue die Bücherrücken an. Sie sind meine Freunde, sie sind mir geblieben, sie werden mich überleben; und wenn auch mein Interesse für sie im Schwinden begriffen ist, muß ich mich doch an sie halten, da ich nichts anderes habe. Ich schaue sie an, diese stummen, zwangsweise treu gebliebenen Freunde, und denke an ihre Geschichten. Da ist ein griechischer Prachtband, in Leyden gedruckt, irgendein Philosoph. Ich kann ihn nicht lesen, ich kann schon lang kein Griechisch mehr. Ich kaufte ihn in

Venedig, weil er billig war und weil der Antiquar ganz überzeugt war, ich lese Griechisch geläufig. So kaufte ich ihn, aus Verlegenheit, und schleppte ihn in der Welt herum, in Koffern und Kisten, sorgfältig eingepackt und ausgepackt, bis hierher, wo ich nun festsitze und wo auch er seinen Stand und seine Ruhe gefunden hat.

So vergeht der Tag, und der Abend vergeht bei Lampenlicht, Büchern, Zigarren, bis gegen zehn Uhr. Dann steige ich im kalten Nebenzimmer ins Bett, ohne zu wissen warum, denn ich kann wenig schlafen. Ich sehe das Fenstereck, den weißen Waschtisch, ein weißes Bild überm Bett in der Nachtblässe schwimmen, ich höre den Sturm im Dach poltern und an den Fenstern zittern, höre das Stöhnen der Bäume, das Fallen des gepeitschten Regens, meinen Atem, meinen leisen Herzschlag. Ich mache die Augen auf, ich mache sie wieder zu; ich versuche an meine Lektüre zu denken, doch gelingt es mir nicht. Stattdessen denke ich an andere Nächte, an zehn, an zwanzig vergangene Nächte, da ich ebenso lag, da ebenso das bleiche Fenster schimmerte und mein leiser Herzschlag die blassen, wesenlosen Stunden abzählte. So vergehen die Nächte.

Sie haben keinen Sinn, so wenig wie die Tage, aber sie vergehen doch, und das ist ihre Bestimmung. Sie werden kommen und vergehen, bis sie wieder irgendeinen Sinn erhalten oder auch bis sie zu Ende sind, bis mein Herzschlag sie nimmer zählen kann. Dann kommt der Sarg, das Grab, vielleicht an einem hellblauen Septembertag, vielleicht bei Wind und Schnee, vielleicht im schönen Juni, wenn der Flieder blüht.

Immerhin sind meine Stunden nicht alle so. Eine, eine halbe von hundert ist doch anders. Dann fällt mir plötzlich das wieder ein, an was ich eigentlich immerfort denken will und was mir die Bücher, der Wind, der Regen, die blasse Nacht immer wieder verhüllen und entziehen. Dann denke ich wieder: Warum ist das so? Warum hat Gott dich verlassen? Warum ist deine Jugend von dir gewichen? Warum bist du so tot?

Das sind meine guten Stunden. Dann weicht der erdrückende Nebel. Geduld und Gleichgültigkeit fliehen fort, ich schaue erwacht in die scheußliche Öde und kann wieder fühlen. Ich fühle die Einsamkeit wie einen gefrorenen See um mich her, ich fühle die Schande und Torheit dieses Lebens, ich fühle den Schmerz um die verlorene Jugend grimmig flammen. Es tut weh, freilich, aber es ist doch Schmerz, es ist doch Scham, es ist doch Qual, es ist doch Leben, Denken, Bewußtsein.

Warum hat Gott dich verlassen? Wo ist deine Jugend hin? Ich weiß es nicht, ich werde es nie erdenken. Aber es sind doch Fragen, es ist doch Auflehnung, es ist doch nicht mehr Tod.

Und statt der Antwort, die ich doch nicht erwarte, finde ich neue Fragen. Zum Beispiel: Wie lang ist es her? Wann war's das letzte Mal, daß du jung gewesen bist?

Ich denke nach, und die erfrorene Erinnerung kommt langsam in Fluß, bewegt sich, schlägt unsichere Augen auf und strahlt unversehens ihre klaren Bilder aus, die unverloren unter der Todesdecke schliefen.

Anfangs will es mir scheinen, die Bilder seien ungeheuer alt, zum mindesten zehn Jahre alt. Aber das taub gewordene Zeitgefühl wird zusehends wacher, legt den vergessenen Maßstab auseinander, nickt und mißt. Ich erfahre, daß alles viel näher beieinander liegt, und nun tut auch das entschlafene Identitätsbewußtsein die hochmütigen Augen auf und nickt bestätigend und frech zu den unglaublichsten Dingen. Es geht von Bild zu Bild und sagt: »Ja, das war ich«, und jedes Bild rückt damit sofort aus seiner kühlschönen Beschaulichkeit heraus und wird ein Stück Leben, ein Stück meines Lebens. Das Identitätsbewußtsein ist eine zauberhafte Sache, gar fröhlich zu sehen, und doch unheimlich. Man hat es, und man kann doch ohne es leben und tut es oft genug, wenn nicht meistens. Es ist herrlich, denn es vernichtet die Zeit; und ist schlimm, denn es leugnet den Fortschritt.

Die erwachten Funktionen arbeiten, und sie stellen fest, daß ich einmal an einem Abend im vollen Besitz meiner Jugend war, und daß es erst vor einem Jahr gewesen ist. Es war ein unbedeutendes Erlebnis, viel zu klein, als daß es sein Schatten sein könnte, in dem ich nun so lange lichtlos lebe. Aber es war ein Erlebnis, und da ich seit Wochen, vielleicht Monaten vollkommen ohne Erlebnisse war, dünkt es mir eine wunderbare Sache, schaut mich wie ein Paradieslein an und tut viel wichtiger, als nötig wäre. Allein mir ist das lieb, ich bin dafür unendlich dankbar. Ich habe eine gute Stunde. Die Bücherreihen, die Stube, der Ofen, der Regen, das Schlafzimmer, die Einsamkeit, alles löst sich auf, zerrinnt, schmilzt hin. Ich rege, für eine Stunde, befreite Glieder.

Das war vor einem Jahr, Ende November, und es war ein ähnliches Wetter wie jetzt, nur war es fröhlich und hatte einen Sinn. Es regnete viel, aber melodisch schön, und ich hörte nicht vom Schreibtisch aus zu, sondern ging im Mantel und auf leisen, elastischen Gummischuhen draußen umher und betrachtete die Stadt. Ebenso wie der Regen war mein Gang und meine Bewegungen und mein Atem, nicht mechanisch, sondern schön, freiwillig, voller Sinn. Auch die Tage schwanden nicht so totgeboren hin, sie verliefen im Takte, mit Hebungen und Senkungen, und die Nächte waren lächerlich kurz und erfrischend, kleine Ruhepausen zwischen zwei Tagen, nur von den Uhren gezählt. Wie herrlich ist es, so seine Nächte zu verbringen, ein Drittel seines Lebens guten Mutes zu verschwenden, statt dazuliegen und die Minuten nachzuzählen, von denen doch keine den geringsten Wert hat.

Die Stadt war München. Ich war dorthin gereist, um ein Geschäft zu besorgen, das ich aber nachher brieflich abtat, denn ich traf so viele Freunde, sah und hörte so viel Hübsches, daß an Geschäfte nicht zu denken war. Einen Abend saß ich in einem schönen, wundervoll erleuchteten Saal und hörte einen kleinen, breitschultrigen Franzosen namens Lamond Stücke von Beethoven spielen. Das Licht glänzte, die schönen Kleider der Damen funkelten freudevoll, und durch den hohen Saal flogen große, weiße Engel, verkündeten Gericht und verkündeten frohe Botschaft, gossen Füllhörner der Lust aus und weinten schluchzend hinter vorgehaltenen, durchsichtigen Händen.

Eines Morgens fuhr ich, nach einer durchgezechten Nacht, mit Freunden durch den Englischen Garten, sang Lieder und trank beim Aumeister Kaffee. Einen Nachmittag war ich ganz von Gemälden umgeben, von Bildnissen, von Waldwiesen und Meerufern, von denen viele wunderbar erhöht und paradiesisch atmeten wie eine neue, unbefleckte Schöpfung. Abends sah ich den Glanz der Schaufenster, der für Landleute unendlich schön und gefährlich ist, sah Photographien und Bücher ausgestellt, und Schalen voll fremdländischer Blumen, teure Zigarren in Silberpapier gewickelt und feine Lederwaren von lachender Eleganz. Ich sah elektrische Lampen in den feuchten Straßen spiegelnd blitzen und die Helme alter Kirchentürme in Wolkendämmerung verschwinden.

Mit alledem verging die Zeit schnell und leicht, wie ein Glas leer wird, aus dem jeder Schluck Vergnügen macht. Es war Abend, ich hatte meinen Koffer gepackt und mußte morgen abreisen, ohne daß es mir leid tat. Ich freute mich schon auf die Eisenbahnfahrt an Dörfern, Wäldern und schon beschneiten Bergen vorbei, und auf die Heimkehr.

Für den Abend war ich noch eingeladen, in einem schönen neuen Hause in einer vornehmen Schwabinger Straße, wo es mir bei lebhaften Gesprächen und feinen Speisen wohl erging. Es waren auch einige Frauen da, doch bin ich im Verkehr mit solchen schamhaft und behindert, so daß ich mich lieber zu den

Männern hielt. Wir tranken Weißwein aus dünnen Kelchgläsern, und rauchten gute Zigarren, deren Asche wir in silberne, innen vergoldete Becher fallen ließen. Wir sprachen von Stadt und Land, von der Jagd und vom Theater, auch von der Kultur, die uns nahe herbeigekommen schien. Wir sprachen laut und zart, mit Feuer und mit Ironie, ernst und witzig, und schauten uns klug und lebhaft in die Augen.

Erst spät, als der Abend beinahe vorüber war und das Männergespräch sich zur Politik wandte, wovon ich wenig verstehe, sah ich mir die eingeladenen Damen an. Sie wurden von einigen jungen Malern und Bildhauern unterhalten, die zwar arme Teufel, aber sämtlich mit großer Eleganz gekleidet waren, so daß ich ihnen gegenüber nicht Mitleid fühlen konnte, sondern Achtung und Respekt empfinden mußte. Doch ward ich auch von ihnen liebenswürdig geduldet, ja als zugereister Gast vom Lande freundlich ermuntert, so daß ich meine Schüchternheit ablegte und auch mit ihnen ganz brüderlich ins Reden kam. Daneben warf ich neugierige Blicke auf die jungen Damen.

Unter ihnen entdeckte ich nun eine ganz junge, vielleicht neunzehn Jahre alt, mit hellblonden, kinderhaften Haaren und einem blauäugigen, schmalen Mädchengesicht. Sie trug ein helles Kleid mit blauen Besätzen und saß horchend und zufrieden auf ihrem Sessel. Ich sah sie kaum, da ging auch schon ihr Stern mir auf, daß ich ihre feine Gestalt und innige, unschuldige Schönheit im Herzen begriff und die Melodie erfühlte, in welche eingehüllt sie sich bewegte. Eine stille Freude und Rührung machte meinen Herzschlag leicht und schnell, und ich hätte sie gerne angeredet, doch wußte ich nichts Stichhaltiges zu sagen. Sie selber sprach wenig, lächelte nur, nickte und sang kurze Antworten mit einer leichten, hold schwebenden Stimme. Über ihr dünnes Handgelenk fiel eine Manschette aus Spitzen, daraus die Hand mit den zarten Fingern kindlich und beseelt hervorschaute. Ihr Fuß, den sie spielend schaukelte, war mit einem feinen, hohen Stiefel aus braunem Leder bekleidet, und seine Form und Größe stand, wie auch die ihrer Hände in einem richtigen, wohlgefälligen Verhältnis zu der ganzen Gestalt.

»Ach du!« dachte ich mir und sah sie an, »du Kind, du schöner Vogel du! Wohl mir, daß ich dich in deinem Frühling sehen darf.«

Es waren noch andere Frauen da, glänzendere und verheißungsvolle in reifer Pracht, und kluge mit durchdringenden Augen, doch hatte keine einen solchen Duft und keine war so von sanfter Musik umflossen. Sie sprachen und lachten und führten Krieg mit Blicken aus Augen aller Farben. Sie zogen auch mich gütig und neckend ins Gespräch und erwiesen mir Freundlichkeit, doch gab ich nur wie im Schlummer Antwort und blieb mit dem Gemüt bei der Blonden, um ihr Bild in mich zu fassen und die Blüte ihres Wesens nicht aus der Seele zu verlieren.

Ohne daß ich darauf achtete, wurde es spät, und plötzlich waren alle aufgestanden und unruhig geworden, gingen hin und her und nahmen Abschied. Da erhob auch ich mich schnell und tat dasselbe. Draußen zogen wir Mäntel und Kragen an, und ich hörte einen von den Malern zu der Schönen sagen: »Darf ich Sie begleiten?« Und sie sagte: »Ja, aber das ist ein großer Umweg für Sie. Ich kann ja auch einen Wagen nehmen.«

Da trat ich rasch hinzu und sagte: »Lassen Sie mich mitgehen, ich habe den gleichen Weg.«

Sie lächelte und sagte: »Gut, danke schön.« Und der Maler grüßte höflich, sah mich verwundert an und ging davon.

Nun schritt ich neben der lieben Gestalt die nächtliche Straße hinab. An einer Ecke stand eine späte Droschke und schaute uns aus müden Laternen an. Sie sagte: »Soll ich nicht lieber die Droschke nehmen? Es ist eine halbe Stunde weit.« Ich bat sie jedoch, es nicht zu tun. Nun fragte sie plötzlich: »Woher wissen Sie denn, wo ich wohne?«

»Oh, das ist ja gleichgültig. Übrigens weiß ich es gar nicht.«

»Sie sagten doch, Sie hätten den gleichen Weg?«

»Ja, den habe ich. Ich wäre ohnehin noch eine halbe Stunde spazieren gegangen.«

Wir schauten an den Himmel, der war klar geworden und stand voll von Sternen, und durch die weiten, stillen Straßen strich ein frischer, kühler Wind.

Anfangs war ich in Verlegenheit, da ich durchaus nichts mit ihr zu reden wußte. Sie schritt jedoch frei und unbefangen dahin, atmete die reine Nachtluft mit Behagen und tat nur hie und da, wie es ihr einfiel, einen Ausruf oder eine Frage, auf die ich pünktlich Antwort gab. Da wurde auch ich wieder frei und zufrieden, und es ergab sich im Takt unserer Schritte ein ruhiges Plaudern, von dem ich heute kein Wort mehr weiß.

Wohl aber weiß ich noch, wie ihre Stimme klang; sie klang rein, vogelleicht und dennoch warm, und ihr Lachen ruhig und fest. Ihr Schritt nahm meinen gleichmäßig mit, ich bin nie so froh und schwebend gegangen, und die schlafende Stadt mit Palästen, Toren, Gärten und Denkmälern glitt still und schattenhaft an uns vorüber.

Es begegnete uns ein alter Mann in schlechten Kleidern, der nicht mehr gut zu Fuße war. Er wollte uns ausweichen, doch nahmen wir das nicht an, sondern machten ihm zu beiden Seiten Platz, und er drehte sich langsam um und blickte uns nach.

»Ja, schau du nur!«

sagte ich, und das blonde Mädchen lachte vergnügt.

Von hohen Türmen schollen Stundenschläge, flogen klar und frohlockend im frischen Winterwind über die Stadt und vermischten sich fern in den Lüften zu einem verhallenden Brausen. Ein Wagen fuhr über einen Platz, die Hufschläge tönten klappernd auf dem Pflaster, die Räder aber hörte man nicht, sie liefen auf Gummireifen.

Neben mir schritt heiter und frisch die schöne junge Gestalt, die Musik ihres Wesens umschloß auch mich, mein Herz schlug denselben Takt wie ihres, meine Augen sahen alles, was ihre Augen sahen. Sie kannte mich nicht, und ich wußte ihren Namen nicht, aber wir waren beide sorgenlos und jung, wir waren Kameraden wie zwei Sterne und wie zwei Wolken, die denselben Weg ziehen, dieselbe Luft atmen und sich ohne Worte wunschlos wohl fühlen. Mein Herz war wieder neunzehn Jahre alt und unversehrt.

Mir schien, wir beide müßten ohne Ziel und unermüdet weiter wandern. Mir schien, wir gingen schon unausdenklich lange nebeneinander, und es könnte nie ein Ende nehmen. Die Zeit war ausgelöscht, ob auch die Uhren schlugen.

Da aber blieb sie unvermutet stehen, lächelte, gab mir die Hand und verschwand in einem Haustor.

Zweiter Abend

Ich habe den halben Tag gelesen und meine Augen schmerzen, ohne daß ich weiß, warum ich sie eigentlich so anstrenge. Aber auf irgendeine Art muß ich die Zeit doch hinbringen. Jetzt ist es wieder Abend, und indem ich überlese, was ich gestern schrieb, richtet sich jene vergangene Zeit wieder auf, blaß und entrückt, aber doch erkennbar. Ich sehe Tage und Wochen, Ereignisse und Wünsche, Gedachtes und Erlebtes schön verknüpft und in sinnvoller Folge aneinander gereiht, ein richtiges Leben mit Kontinuität und Rhythmus, mit Interessen und Zielen, und mit der wunderbaren Berechtigung und Selbstverständlichkeit eines gewöhnlichen, gesunden Lebens, was alles mir seither so völlig abhanden gekommen ist.

Also ich war, am Tag nach jenem schönen Abendgang mit dem fremden Mädchen, abgereist und in meine Heimat gefahren. Ich saß fast ganz allein im Wagen und freute mich über den guten Schnellzug und über die fernen Alpen, die eine Zeitlang klar und glänzend zu sehen waren. In Kempten aß ich am Büffet eine Wurst und unterhielt mich mit dem Schaffner, dem ich eine Zigarre kaufte. Später wurde das Wetter trüb, und den Bodensee sah ich grau und groß wie ein Meer im Nebel und leisem Schneegeriesel liegen.

Zu Hause in demselben Zimmer, in dem ich auch jetzt sitze, machte ich mir ein gutes Feuer in den Ofen und ging mit Eifer an meine Arbeit. Es kamen Briefe und Bücherpakete und gaben mir zu tun, und einmal in der Woche fuhr ich ins Städtchen hinüber, machte meine paar Einkäufe, trank ein Glas Wein und spielte eine Partie Billard.

Dabei merkte ich doch allmählich, daß die freudige Munterkeit und zufriedene Lebenslust, mit der ich noch kürzlich in München umhergegangen war, sich anschickte zur Neige zu gehen und durch irgendeinen kleinen, dummen Riß zu entrinnen, so daß ich langsam in einen minder hellen, träumerischen Zustand hineingeriet. Im Anfang dachte ich, es werde ein kleines Unwohlsein sich ausbrüten, darum fuhr ich in die Stadt und nahm ein Dampfbad, das jedoch nichts helfen wollte. Ich sah auch bald ein, daß dieses Übel nicht in den Knochen und im Blut steckte. Denn ich begann jetzt, ganz wider oder doch ohne meinen Willen, zu allen Stunden des Tages mit einer gewissen hartnäckigen Begierde an München zu denken, als ob ich in dieser angenehmen Stadt etwas Wesentliches verloren hätte. Und ganz allmählich nahm dieses Wesentliche für mein Bewußtsein Gestalt an, und es war die liebliche schlanke Gestalt der neunzehnjährigen Blonden. Ich merkte, daß ihr Bildnis und jener dankbar frohe abendliche Gang an ihrer Seite in mir nicht zur stillen Erinnerung, sondern zu einem Teil meiner selbst geworden war, der jetzt zu schmerzen und zu leiden anfing.

Es ging schon leis in den Frühling hinein, da war die Sache reif und brennend geworden und ließ sich auf keine Weise mehr unterschlagen. Ich wußte jetzt, daß ich das liebe Mädchen wiedersehen müsse, ehe an anderes zu denken war. Wenn alles stimmte, so durfte ich den Gedanken nicht scheuen, meinem stillen Leben Fahrwohl zu sagen und mein harmloses Schicksal mitten in den Strom zu lenken. War es auch bisher meine Absicht gewesen, meinen Weg allein als ein unbeteiligter Zuschauer zu gehen, so schien doch jetzt ein ernsthaftes Bedürfnis es anders zu wollen.

Darum überlegte ich mir alles Notwendige gewissenhaft und kam zu dem Schluß, es sei mir durchaus möglich und erlaubt, mich einem jungen Mädchen anzutragen, falls es dazu kommen sollte. Ich war wenig über dreißig Jahre alt, auch gesund und gutartig, und besaß so viel Vermögen, daß eine Frau, wenn sie nicht zu sehr verwöhnt war, sich mir ohne Sorge anvertrauen konnte. Gegen Ende März fuhr ich denn wieder nach München, und diesmal hatte ich auf der langen Eisenbahnfahrt recht viel zu denken. Ich nahm mir vor, zunächst die nähere Bekanntschaft des Mädchens zu machen und hielt es nicht für völlig unmöglich, daß dann vielleicht mein Bedürfnis sich als minder heftig und überwindbar erweisen könnte. Vielleicht, meinte ich, werde das bloße Wiedersehen meinem Heimweh Genüge tun und das Gleichgewicht in mir sich dann von selber wiederherstellen.

Das war nun allerdings die törichte Annahme eines Unerfahrenen. Ich erinnere mich nun wieder wohl daran, mit wieviel Vergnügen und Schlauheit ich diese Reisegedanken spann, während ich im Herzen schon fröhlich war, da ich mich München und der Blonden nahe wußte.

Kaum hatte ich das vertraute Pflaster wieder betreten, so stellte sich auch ein Behagen ein, das ich wochenlang vermißt hatte. Es war nicht frei von Sehnsucht und verhüllter Unruhe, aber doch war mir längere Zeit nicht mehr so wohl gewesen. Wieder freute mich alles, was ich sah, und hatte einen wunderlichen Glanz, die bekannten Straßen, die Türme, die Leute in der Trambahn mit ihrer Mundart, die großen Bauten und stillen Denkmäler. Ich gab jedem Trambahnschaffner einen Fünfer Trinkgeld, ließ mich durch ein feines Schaufenster verleiten, mir einen eleganten Regenschirm zu kaufen, gönnte mir auch in einem Zigarrenladen etwas Feineres, als eigentlich meinem Stande und Vermögen entsprach, und fühlte mich in der frischen Märzluft recht unternehmungslustig.

Nach zwei Tagen hatte ich schon in aller

Stille mich nach dem Mädchen erkundigt und nicht viel anderes erfahren, als ich ungefähr erwartet hatte. Sie war eine Waise und aus gutem Hause, doch arm, und besuchte eine kunstgewerbliche Schule. Mit meinem Bekannten in der Leopoldstraße, in dessen Haus ich sie damals gesehen hatte, war sie entfernt verwandt.

Dort sah ich sie auch wieder. Es war eine kleine Abendgesellschaft, fast alle Gesichter von damals tauchten wieder auf, manche erkannten mich wieder und gaben mir freundlich die Hand. Ich aber war sehr befangen und erregt, bis endlich mit anderen Gästen auch sie erschien. Da wurde ich still und zufrieden, und als sie mich erkannte, mir zunickte und mich sogleich an jenen Abend im Winter erinnerte, fand sich bei mir das alte Zutrauen ein, und ich konnte mit ihr reden und ihr in die Augen sehen, als wäre seither keine Zeit vergangen und wehte noch derselbe winterliche Nachtwind um uns beide. Doch hatten wir einander nicht viel mitzuteilen, sie fragte nur, wie es mir seither gegangen sei und ob ich die ganze Zeit auf dem Land gelebt habe. Als das besprochen war, schwieg sie ein paar

Augenblicke, sah mich dann lächelnd an und wendete sich zu ihren Freunden, während ich sie nun aus einiger Ferne nach Lust betrachten konnte. Sie schien mir ein wenig verändert, doch wußte ich nicht wie und in welchen Zügen, und erst nachher, als sie fort war und ich ihre beiden Bilder in mir streiten fühlte und vergleichen konnte, fand ich heraus, daß sie ihr Haar jetzt anders aufgesteckt hatte und auch zu etwas volleren Wangen gekommen war. Ich betrachtete sie still und hatte dabei dasselbe Gefühl der Freude und Verwunderung, daß es etwas so Schönes und innig Junges gebe und daß es mir erlaubt war, diesem Menschenfrühling zu begegnen und in die hellen Augen zu sehen.

Während des Abendessens und nachher beim Moselwein ward ich in die Herrengespräche hineingezogen, und wenn auch von anderen Dingen die Rede war als bei meinem letzten Hiersein, schien mir das Gespräch doch wie eine Fortsetzung des damaligen, und ich nahm mit einer kleinen Genugtuung wahr, daß diese lebhaften und verwöhnten Stadtleute doch auch trotz aller Augenlust und Neuigkeiten einen gewissen Zirkel haben, in dem ihr Geist und Leben sich bewegt, und daß bei allem Vielerlei und Wechsel doch auch hier der Zirkel unerbittlich und verhältnismäßig eng ist. Obschon mir in ihrer Mitte recht wohl war, fühlte ich mich doch durch meine lange Abwesenheit im Grunde um nichts betrogen und konnte die Vorstellung nicht ganz unterdrücken, diese Herrschaften seien alle noch von damals her sitzen geblieben und redeten noch am selben Gespräch von damals fort. Dieser Gedanke war natürlich ungerecht und kam nur daher, daß meine Aufmerksamkeit und Teilnahme diesmal häufig von der Unterhaltung abwich.

Ich wandte mich auch, sobald ich konnte, dem Nebenzimmer zu, wo die Damen und jungen Leute ihre Unterhaltung hatten. Es entging mir nicht, daß die jungen Künstler von der Schönheit des Fräuleins stark angezogen wurden und mit ihr teils kameradschaftlich, teils ehrerbietig umgingen. Nur einer, ein Bildnismaler namens Zündel, hielt sich kühl bei den älteren Frauen und schaute uns Schwärmern mit einer gutmütigen Verachtung zu. Er sprach lässig und mehr horchend als redend mit einer schönen, braunäugigen

Frau, von der ich gehört hatte, sie stehe im Ruf großer Gefährlichkeit und vieler gehabter oder noch schwebender Liebesabenteuer.

Doch nahm ich alles das nur nebenbei mit halben Sinnen wahr. Das Mädchen nahm mich ganz in Anspruch, doch ohne daß ich mich ins allgemeine Gespräch mischte. Ich fühlte, wie sie in einer lieblichen Musik befangen lebte und sich bewegte, und der milde, innige Reiz ihres Wesens umgab mich so dicht und süß und stark wie der Duft einer Blume. So wohl mir das jedoch tat, so konnte ich doch unzweifelhaft spüren, daß ihr Anblick mich nicht stillen und sättigen könne und daß mein Leiden, wenn ich jetzt wieder von ihr getrennt würde, noch weit quälender werden müsse. Mir schien in ihrer zierlichen Person mein eigenes Glück und der blühende Frühling meines Lebens mich anzublicken, daß ich ihn fasse und an mich nehme, der sonst nie wieder käme. Es war nicht eine Begierde des Blutes nach Küssen und nach einer Liebesnacht, wie es manche schöne Frau schon für Stunden in mir erweckt und mich damit erhitzt und gequält hatte. Vielmehr war es ein frohes Vertrauen, daß in dieser lieben Gestalt mein Glück mir begegnen wolle, daß ihre Seele mir verwandt und freundlich und mein Glück auch ihres sein müsse.

Darum beschloß ich, ihr nahe zu bleiben und zur rechten Stunde meine Frage an sie zu tun.

Dritter Abend

Es soll nun einmal erzählt sein, also weiter!

Ich hatte nun in München eine schöne Zeit. Meine Wohnung lag nicht weit vom Englischen Garten, den suchte ich jeden Morgen auf. Auch in die Bildersäle ging ich häufig, und wenn ich etwas besonders Herrliches sah, war es immer wie ein Zusammentreffen der äußeren Welt mit dem seligen Bilde, das ich in mir bewahrte.

Eines Abends trat ich in ein kleines Antiquariat, um mir etwas zum Lesen zu kaufen. Ich stöberte in staubigen Regalen und fand eine schöne, zierlich eingebundene Ausgabe des Herodot, die ich erwarb. Darüber kam ich mit dem Gehilfen, der mich bediente, in ein Gespräch. Es war ein auffallend freundlicher, still höflicher Mann mit einem bescheidenen, doch heimlich durchleuchteten Gesicht, und in seinem ganzen Wesen lag eine sanfte, friedliche Güte, die man sofort spürte und auch aus seinen Zügen und Gebärden lesen konnte. Er zeigte sich belesen, und da er mir so gut gefiel, kam ich mehrmals wieder, um etwas zu kaufen und mich eine Viertelstunde mit ihm zu unterhalten. Ohne daß er dergleichen gesagt hätte, hatte ich von ihm den Eindruck eines Mannes, der die Finsternis und Stürme des Lebens vergessen oder überwunden habe und ein friedvolles und gutes Leben führe.

Nachdem ich den Tag in der Stadt bei Freunden oder in Sammlungen hingebracht, saß ich abends vor dem Schlafengehen stets noch eine Stunde in meinem Mietzimmer, in die Wolldecke gehüllt, las im Herodot oder ließ meine Gedanken hinter dem schönen Mädchen her gehen, dessen Namen Maria ich nun auch erfahren hatte.

Beim nächsten Zusammentreffen mit ihr gelang es mir, sie etwas besser zu unterhalten, wir plauderten ganz vertraulich, und ich erfuhr manches über ihr Leben. Auch durfte ich sie nach Hause begleiten, und es war mir wie im Traum, daß ich wieder mit ihr denselben Weg durch die ruhigen Straßen ging. Ich sagte ihr, ich habe oft an jenen Heimweg gedacht und mir gewünscht, ihn noch einmal gehen zu dürfen. Sie lachte vergnügt und fragte mich ein wenig aus. Und schließlich, da ich doch am Bekennen war, sah ich sie an und sagte: »Ich bin nur Ihretwegen nach München gekommen, Fräulein Maria.«

Ich fürchtete sogleich, das möchte zu dreist gewesen sein, und wurde verlegen. Aber sie sagte nichts darauf und sah mich nur ruhig und ein wenig neugierig an. Nach einer Weile sagte sie dann: »Am Donnerstag gibt ein Kamerad von mir ein Atelierfest. Wollen Sie auch kommen? – Dann holen Sie mich um acht Uhr hier ab.«

Wir standen vor ihrer Wohnung. Da dankte ich und nahm Abschied.

So war ich denn von Maria zu einem Fest eingeladen worden. Eine große Freudigkeit kam über mich. Ohne daß ich mir von diesem Feste allzuviel versprach, war es mir doch ein wunderlich süßer Gedanke, von ihr dazu aufgefordert zu sein und ihr etwas zu verdanken. Ich besann mich, wie ich ihr dafür danken könne, und beschloß, ihr am Donnerstag einen schönen Blumenstrauß mitzubringen.

In den drei Tagen, die ich noch warten mußte, fand ich die heiter zufriedene Stimmung nicht wieder, in der ich die letzte Zeit gewesen war. Seit ich ihr das gesagt hatte, daß ich ihretwegen hierher gereist sei, war meine Unbefangenheit und Ruhe verloren. Es war doch so gut wie ein Geständnis gewesen, und nun mußte ich immer denken, sie wisse um meinen Zustand und überlege sich vielleicht, was sie mir antworten solle. Ich brachte diese Tage meist auf Ausflügen außerhalb der Stadt zu, in den großen Parkanlagen von Nymphenburg und von Schleißheim oder im Isartal in den Wäldern.

Als der Donnerstag gekommen war und es Abend wurde, zog ich mich an, kaufte im Laden einen großen Strauß rote Rosen und fuhr damit in einer Droschke bei Maria vor. Sie kam sogleich herab, ich half ihr in den Wagen und gab ihr die Blumen, aber sie war aufgeregt und befangen, was ich trotz meiner eigenen Verlegenheit wohl bemerkte. Ich ließ sie denn auch in Ruhe, und es gefiel mir, sie so mädchenhaft vor einer Festlichkeit in Aufregung und Freudenfieber zu sehen. Bei der Fahrt im offenen Wagen durch die Stadt überkam auch mich allmählich eine große Freude, indem es mir scheinen wollte, als bekenne damit Maria, sei es auch nur für eine Stunde, sich zu einer Art von Freundschaft und Einverständnis mit mir. Es war mir ein festtägliches Ehrenamt, sie für diesen Abend unter meinem Schutz und meiner Begleitung zu haben, da es ihr hierzu doch gewiß nicht an anderen erbötigen Freunden gefehlt hätte.

Der Wagen hielt vor einem großen kahlen Miethause, dessen Flur und Hof wir durchschreiten mußten. Dann ging es im Hinterhause unendliche Treppen hinauf, bis uns im obersten Korridor ein Schwall von Licht und Stimmen entgegenbrach. Wir legten in einer Nebenstube ab, wo ein eisernes Bett und ein paar Kisten schon mit Mänteln und Hüten bedeckt waren, und traten dann in das Atelier, das hell erleuchtet und voll von Menschen war. Drei oder vier waren mir flüchtig bekannt, die andern samt dem Hausherrn aber alle fremd.

Diesem stellte mich Maria vor und sagte dazu: »Ein Freund von mir. Ich durfte ihn doch mitbringen?«

Das erschreckte mich ein wenig, da ich glaubte, sie habe mich angemeldet. Aber der Maler gab mir unbeirrt die Hand und sagte gleichmütig: »Ist schon recht.«

Es ging in dem Atelier recht lebhaft und freimütig zu. Jeder setzte sich, wo er Platz fand, und man saß nebeneinander, ohne sich zu kennen. Auch nahm sich jedermann nach Belieben von den kalten Speisen, die da und dort herumstanden, und vom Wein oder Bier, und während die einen erst ankamen oder ihr Abendbrot aßen, hatten andere schon die Zigarren angezündet, deren Rauch sich allerdings anfänglich in dem sehr hohen Raume leicht verlor.

Da niemand nach uns sah, versorgte ich Maria und dann auch mich mit einigem Essen, das wir ungestört an einem kleinen niederen Zeichentisch verzehrten, zusammen mit einem fröhlichen, rotbärtigen Manne, den wir beide nicht kannten, der uns aber munter und anfeuernd zunickte. Hie und da griff jemand von den später Gekommenen, für die es an Tischen fehlte, über unsre Schultern hinweg nach einem Schinkenbrot, und als die Vorräte zu Ende waren, klagten viele noch über Hunger, und zwei von den Gästen gingen aus, um noch etwas einzukaufen, wozu der eine von seinen Kameraden kleine Geldbeiträge erbat und erhielt.

Der Gastgeber sah diesem munteren und etwas lärmigen Wesen gleichmütig zu, aß stehend ein Butterbrot und ging mit diesem und einem Weinglas in den Händen plaudernd bei den Gästen hin und wider. Auch ich nahm an dem ungebundenen Treiben keinen Anstoß, doch wollte es mir im stillen leid tun, daß Maria sich hier anscheinend wohl und heimisch fühlte. Ich wußte ja, daß die jungen Künstler ihre Kollegen und zum Teil sehr achtenswerte Leute waren, und hatte keinerlei Recht, etwas anders zu wünschen. Dennoch war es mir ein leiser Schmerz und fast eine kleine Entäuschung, zu sehen, wie sie diese immerhin robuste Geselligkeit befriedigt hinnahm. Ich blieb bald allein, da sie nach der kurzen Mahlzeit sich erhob und ihre Freunde begrüßte. Den beiden ersten stellte sie mich vor und suchte mich mit in ihre Unterhaltung zu ziehen, wobei ich freilich versagte. Dann stand sie bald da bald dort bei Bekannten, und da sie mich nicht zu vermissen schien, zog ich mich in einen Winkel zurück, lehnte mich an die Wand und schaute mir die lebhafte Gesellschaft in Ruhe an. Ich hatte nicht erwartet, daß Maria sich den ganzen Abend in meiner Nähe halten würde, und war damit zufrieden, sie zu sehen, etwa einmal mit ihr zu plaudern und sie dann wieder nach Hause zu begleiten. Trotzdem kam allmählich ein Mißbehagen über mich, und je munterer die andern wurden, desto unnützer und fremder stand ich da, nur selten von jemand flüchtig angeredet.

Unter den Gästen bemerkte ich auch jenen Porträtmaler Zündel sowie jene schöne Frau mit den braunen Augen, die mir als gefährlich und etwas übel berufen bezeichnet worden war. Sie schien in diesem Kreis wohlbekannt und ward von den meisten mit einer gewissen lächelnden Vertrautheit, doch ihrer Schönheit wegen auch mit freimütiger Bewunderung betrachtet. Zündel war ebenfalls ein hübscher Mensch, groß und kräftig, mit scharfen dunklen Augen und von einer sichern, stolzen und überlegenen Haltung wie ein verwöhnter und seines Eindrucks gewisser Mann. Ich betrachtete ihn mit Aufmerksamkeit, da ich von

Natur für solche Männer ein merkwürdiges, mit Humor und auch mit etwas Neid vermischtes Interesse habe. Er versuchte den Gastgeber wegen der mangelhaften Bewirtung aufzuziehen.

»Du hast ja nicht einmal genug Stühle«, meinte er geringschätzig. Aber der Hausherr blieb unangefochten. Er zuckte die Achseln und sagte: »Wenn ich mich einmal zum Porträtmalen hergeb', wird's bei mir schon auch fein werden.« Dann tadelte Zündel die Gläser: »Aus den Kübeln kann man doch keinen Wein trinken. Hast du nie gehört, daß zum Wein feine Gläser gehören?« Und der Gastgeber antwortete unverzagt: »Vielleicht verstehst du was von Gläsern, aber vom Wein verstehst du nichts. Mir ist alleweil ein feiner Wein lieber als ein feines Glas.«

Die schöne Frau hörte lächelnd zu, und ihr Gesicht sah merkwürdig zufrieden und selig aus, was kaum von diesen Witzen herrühren konnte. Ich sah denn auch bald, daß sie unterm Tischblatt ihre Hand tief in den linken Rockärmel des Malers gesteckt hielt, während sein Fuß leicht und nachlässig mit ihrem spielte. Doch schien er mehr höflich als zärtlich zu sein, sie aber hing mit einer unangenehmen Inbrunst an ihm, und ihr Anblick wurde mir bald unerträglich.

Übrigens machte sich auch Zündel nun von ihr los und stand auf. Es war jetzt ein starker Rauch im Atelier, auch Frauen und Mädchen rauchten Zigaretten, Gelächter und laute Gespräche klangen durcheinander, alles ging auf und ab, setzte sich auf Stühle, auf Kisten, auf den Kohlenbehälter, auf den Boden. Eine Pikkoloflöte wurde geblasen, und mitten in dem Getöse las ein leicht angetrunkener Jüngling einer lachenden Gruppe ein ernsthaftes Gedicht vor.

Ich beobachtete Zündel, der gemessen hin und wider ging und völlig ruhig und nüchtern blieb. Dazwischen sah ich immer wieder zu Maria hinüber, die mit zwei andern Mädchen auf einem Diwan saß und von jungen Herren unterhalten wurde, die mit Weingläsern in den Händen dabeistanden. Je länger die Lustbarkeit dauerte und je lauter sie wurde, desto mehr kam eine Trauer und Beklemmung über mich. Es schien mir, ich sei mit meinem Märchenkind an einen unreinen Ort geraten, und ich begann darauf zu warten, daß sie mir winke und fortzugehen begehre.

Der Maler Zündel stand jetzt abseits und hatte sich eine Zigarre angezündet. Er beschaute sich die Gesichter und blickte auch aufmerksam zu dem Diwan hin. Da hob Maria den Blick, ich sah es genau, und sah ihm eine kleine Weile in die Augen. Er lächelte, sie aber blickte ihn fest und gespannt an, und dann sah ich ihn ein Auge schließen und den Kopf fragend heben, sie aber leise nicken.

Da wurde mir schwül und dunkel im Herzen. Ich wußte ja nichts, und es konnte ein Scherz, ein Zufall, eine kaum gewollte Gebärde sein. Allein ich tröstete mich damit nicht. Ich hatte gesehen, es gab ein Einverständnis zwischen den beiden, die den ganzen Abend kein Wort miteinander gesprochen und sich fast auffallend voneinander fern gehalten hatten.

In jenem Augenblick fiel mein Glück und meine kindische Hoffnung zusammen, es blieb kein Hauch und kein Glanz davon übrig. Es blieb nicht einmal eine reine, herzliche Trauer, die ich gern getragen hätte, sondern nur eine Scham und Enttäuschung, ein widerwärtiger Geschmack und Ekel. Wenn ich Maria mit einem frohen Bräutigam oder Liebhaber gesehen hätte, so hätte ich ihn beneidet und mich doch gefreut. Nun aber war es ein Verführer und Weiberheld, dessen Fuß noch vor einer halben Stunde mit dem der braunäugigen Frau gespielt hatte.

Trotzdem raffte ich mich zusammen. Es konnte immer noch eine Täuschung sein, und ich mußte Maria Gelegenheit geben, meinen bösen Verdacht zu widerlegen.

Ich ging zu ihr und sah ihr betrübt in das frühlinghafte, liebe Gesicht. Und ich fragte: »Es wird spät, Fräulein Maria, darf ich Sie nicht heimbegleiten?«

Ach, da sah ich sie zum erstenmal unfrei und verstellt. Ihr Gesicht verlor den feinen Gotteshauch, und auch ihre Stimme klang verhüllt und unwahr. Sie lachte und sagte laut: »O verzeihen Sie, daran hatte ich gar nicht gedacht. Ich werde abgeholt. Wollen Sie schon gehen?«

Ich sagte: »Ja, ich will gehen. Adieu, Fräulein Maria.«

Ich nahm von niemand Abschied und wurde von niemand aufgehalten. Langsam ging ich die vielen Treppen hinunter, über den Hof und durch das Vorderhaus. Draußen besann ich mich, was nun zu tun sei, und kehrte wieder um und verbarg mich im Hof hinter einem leeren Wagen. Dort wartete ich lang, beinahe eine Stunde. Dann kam der Zündel, warf einen Zigarrenrest weg und knöpfte seinen Mantel zu, ging durch die Einfahrt hinaus, kam aber bald wieder und blieb am Ausgang stehen.

Es dauerte fünf, zehn Minuten, und immerfort verlangte es mich, hervorzutreten, ihn anzurufen, ihn einen Hund zu heißen und an der Kehle zu packen. Aber ich tat es nicht, ich blieb still in meinem Versteck und wartete. Und es dauerte nicht lang, da hörte ich wieder Schritte auf der Treppe, und die Türe ging, und Maria kam heraus, schaute sich um, schritt zum Ausgang und legte still ihren Arm in den des Malers. Rasch gingen sie miteinander fort, ich sah ihnen nach und machte mich dann auf den Heimweg.

Zu Hause legte ich mich ins Bett, konnte aber keine Ruhe finden, so daß ich wieder aufstand und in den Englischen Garten ging. Dort lief ich die halbe Nacht herum, kam dann wieder in mein Zimmer und schlief nun fest bis in den Tag hinein.

Ich hatte mir nachts vorgenommen, gleich am Morgen fortzureisen. Dafür war ich nun aber zu spät erwacht und hatte also noch einen Tag hinzubringen. Ich packte und zahlte, nahm von meinen Freunden schriftlich Abschied, aß in der Stadt und setzte mich in ein Kaffeehaus. Die Zeit wollte mir lang werden, und ich sann nach, womit ich den Nachmittag verbringen könne. Dabei fing ich an, mein Elend zu fühlen. Seit Jahren war ich nicht mehr in dem scheußlichen und unwürdigen Zustand gewesen, daß ich die Zeit fürchtete und verlegen war, wie ich sie umbringe. Spazierengehen, Gemälde sehen, Musik hören, ausfahren, eine Partie Billard spielen, lesen, alles lockte mich nicht, alles war dumm, fad, sinnlos. Und wenn ich auf der Straße um mich blickte, sah ich Häuser, Bäume, Menschen, Pferde, Hunde, Wagen, alles unendlich langweilig, reizlos und gleichgültig. Nichts sprach zu mir, nichts machte mir Freude, erweckte mir Teilnahme oder Neugierde.

Während ich eine Tasse Kaffee trank, um

die Zeit hinter mich zu bringen und eine Art von Pflicht zu erfüllen, fiel mir ein, ich müsse mich umbringen. Ich war froh, diese Lösung gefunden zu haben, und überlegte sachlich das Notwendige. Allein meine Gedanken waren zu unstet und haltlos, als daß sie länger als für Minuten bei mir geblieben wären. Zerstreut zündete ich mir eine Zigarre an, warf sie wieder weg, bestellte die zweite oder dritte Tasse Kaffee, blätterte in einer Zeitschrift und schlenderte schließlich weiter. Es kam mir wieder in den Sinn, daß ich hatte abreisen wollen, und ich nahm mir vor, es morgen gewiß zu tun. Plötzlich machte mich der Gedanke an meine Heimat warm, und für Augenblicke fühlte ich statt des elenden Ekels eine rechte, reinliche Trauer. Ich erinnerte mich daran, wie schön es in der Heimat war, wie dort die grünen und blauen Berge weich aus dem See emporstiegen, wie der Wind in den Pappeln tönte und wie die Möwen kühn und launisch flogen. Und mir schien, ich müsse nur aus dieser verfluchten Stadt hinaus und wieder in die Heimat kommen, damit der böse Zauber breche und ich die Welt wieder in ihrem Glanze sehen, verstehen und liebhaben könne.

Im Hinschlendern und Denken verlor ich mich in den Gassen der Altstadt, ohne genau zu wissen, wo ich war, bis ich unversehens vor dem Laden meines Antiquars stand. Im Fenster hing ein Kupferstich ausgestellt, das Bildnis eines Gelehrten aus dem siebzehnten Jahrhundert, und ringsum standen alte Bücher in Leder, Pergament und Holz gebunden. Das weckte in meinem ermüdeten Kopf eine neue, flüchtige Reihe von Vorstellungen, in denen ich eifrig Trost und Ablenkung suchte. Es waren angenehme, etwas träge Vorstellungen von Studien und mönchischem Leben, von einem stillen, resignierten und etwas staubigen Winkelglück bei Leselampe und Büchergeruch. Um den flüchtigen Trost noch eine Weile festzuhalten, trat ich in den Laden und wurde sogleich von jenem freundlichen Gehilfen empfangen. Er führte mich eine enge Wendeltreppe hinauf in das obere Stockwerk, wo mehrere große Räume ganz mit wandhohen Bücherschäften gefüllt waren. Die Weisen und Dichter vieler Zeiten schauten mich traurig aus blinden Bücheraugen an, der schweigsame Antiquar stand wartend da und sah mich bescheiden an.

Da geriet ich auf den Einfall, diesen stillen Mann um Trost zu fragen. Ich sah in sein gutes, offenes Gesicht und sagte: »Bitte nennen Sie mir etwas, was ich lesen soll. Sie müssen doch wissen, wo etwas Tröstliches und Heilsames zu finden ist; Sie sehen gut und getröstet aus.«

»Sind Sie krank?« fragte er leise.

»Ein wenig«, sagte ich.

Und er: »Ist es schlimm?«

»Ich weiß nicht. Es ist *taedium vitae*.«

Da nahm sein einfaches Gesicht einen großen Ernst an. Er sagte ernst und eindringlich: »Ich weiß einen guten Weg für Sie.«

Und als ich ihn mit den Augen fragte, fing er an zu reden und erzählte mir von der Gemeinde der Theosophen, zu der er gehörte. Manches davon war mir nicht unbekannt, doch war ich nicht fähig, ihm mit rechter Aufmerksamkeit zuzuhören. Ich vernahm nur ein mildes, wohlgemeintes, herzliches Sprechen, Sätze von Karma, Sätze von der Wiedergeburt, und als er innehielt und beinah verlegen schwieg, wußte ich gar keine Antwort. Schließlich fragte ich, ob er mir Bücher zu nennen wisse, in denen ich diese Sache studieren könne. Sofort brachte er mir einen kleinen Katalog theosophischer Bücher.

»Welches soll ich lesen?« fragte ich unsicher.

»Das grundlegende Buch über die Lehre ist von Madame Blavatsky«, sagte er entschieden.

»Geben Sie mir das!«

Wieder wurde er verlegen. »Es ist nicht hier, ich müßte es für Sie kommen lassen. Aber allerdings – – das Werk hat zwei starke Bände, es braucht Geduld zum Lesen. Und leider ist es sehr teuer, es kostet über fünfzig Mark. Soll ich versuchen, es Ihnen leihweise zu verschaffen?«

»Nein danke, bestellen Sie es mir!«

Ich schrieb ihm meine Adresse auf, bat ihn, das Buch gegen Nachnahme dahin zu schicken, nahm Abschied von ihm und ging.

Ich wußte schon damals, daß die »Geheimlehre« mir nicht helfen würde. Ich wollte nur dem Antiquar eine kleine Freude machen. Und warum sollte ich nicht ein paar Monate hinter den Blavatskybänden sitzen?

Ich ahnte auch, daß meine anderen Hoffnungen nicht haltbarer sein würden. Ich ahnte, daß auch in meiner Heimat alle Dinge grau und glanzlos geworden seien, und daß es überall so sein würde, wohin ich ginge.

Diese Ahnung hat mich nicht getäuscht. Es ist etwas verlorengegangen, was früher in der Welt war, ein gewisser unschuldiger Duft und Liebreiz, und ich weiß nicht, ob das wiederkommen kann.

(1908)

Zeittafel

1877	geboren am 2. Juli in Calw/Württemberg als Sohn des baltischen Missionars und späteren Leiters des »Calwer Verlagsvereins« Johannes Hesse (1847–1916) und dessen Frau Marie verw. Isenberg, geb. Gundert (1842–1902), der ältesten Tochter des namhaften Indologen und Missionars Hermann Gundert.
1881 –1886	wohnt Hesse mit seinen Eltern in Basel, wo der Vater bei der »Basler Mission« unterrichtet und 1883 die Schweizer Staatsangehörigkeit erwirbt (zuvor: russische Staatsangehörigkeit).
1886 –1889	Rückkehr der Familie nach Calw (Juli), wo Hesse das Reallyzeum besucht.
1890 –1891	Lateinschule in Göppingen zur Vorbereitung auf das Württembergische Landesexamen (Juli 1891), der Voraussetzung für eine kostenlose Ausbildung zum ev. Theologen im »Tübinger Stift«. Als staatlicher Schüler muß Hesse auf sein Schweizer Bürgerrecht verzichten. Deshalb erwirbt ihm der Vater im November 1890 die württembergische Staatsangehörigkeit (als einzigem Miglied der Familie).
1891 –1892	Seminarist im ev. Klosterseminar Maulbronn (ab Sept. 1891), aus dem er nach 7 Monaten flieht, weil er »entweder Dichter oder gar nichts werden wollte«.
1892	bei Christoph Blumhardt in Bad Boll (April bis Mai); Selbstmordversuch (Juni), Aufenthalt in der Nervenheilanstalt Stetten (Juni–August). Aufnahme in das Gymnasium von Cannstatt (Nov. 1892), wo er
1893	im Juli das Einjährig-Freiwilligen-Examen (Obersekundareife) absolviert. »Werde Sozialdemokrat und laufe ins Wirtshaus. Lese fast nur Heine, den ich sehr nachahmte.« Im Oktober Beginn einer Buchhändlerlehre in Esslingen, die er aber schon nach drei Tagen aufgibt.
1894 –1895	15 Monate als Praktikant in der Calwer Turmuhrenfabrik Perrot. Plan, nach Brasilien auszuwandern.

1895 –1898 Buchhändlerlehre in Tübingen (Buchhandlung Heckenhauer). 1896 erste Gedichtpublikation in »Das deutsche Dichterheim«, Wien. Die erste Buchpublikation *Romantische Lieder* erscheint im Oktober 1898.

1899 Beginn der Niederschrift eines Romans *Schweinigel* (Manuskript noch nicht aufgefunden). Der Prosaband *Eine Stunde hinter Mitternacht* erscheint im Juni bei Diederichs, Jena.

Im September Übersiedlung nach Basel, wo Hesse bis Januar 1901 als Sortimentsgehilfe in der Reich'schen Buchhandlung beschäftigt ist.

1900 beginnt er für die »Allgemeine Schweizer Zeitung« Artikel und Rezensionen zu schreiben, die ihm mehr noch als seine Bücher »einen gewissen lokalen Ruf machten, der mich im gesellschaftlichen Leben sehr unterstützte«.

1901 Von März bis Mai erste Italienreise.

Ab August 1901 (bis Frühjahr 1903) Buchhändler im Basler Antiquariat Wattenwyl.

Die *Hinterlassenen Schriften und Gedichte von Hermann Lauscher* erscheinen im Herbst bei R. Reich.

1902 *Gedichte* erscheinen bei Grote, Berlin, seiner Mutter gewidmet, die kurz vor Erscheinen des Bändchens stirbt.

1903 Nach Aufgabe der Buchhändler- und Antiquariatsstellung zweite Italienreise, gemeinsam mit Maria Bernoulli, mit der er sich im Mai verlobt. Kurz davor Abschluß der Niederschrift des *Camenzind*-Manuskripts, das Hesse auf Einladung des S. Fischer Verlags nach Berlin sendet. Ab Oktober (bis Juni 1904) u. a. Niederschrift von *Unterm Rad* in Calw.

1904 *Peter Camenzind* erscheint bei S. Fischer, Berlin. Eheschließung mit Maria Bernoulli und Umzug nach Gaienhofen am Bodensee (Juli) in ein leerstehendes Bauernhaus. Freier Schriftsteller und Mitarbeiter an zahlreichen Zeitungen und Zeitschriften (u. a. »Die Propyläen«, d. i. »Münchner Zeitung«; »Die Rheinlande«; »Simplicissimus«; »Der Schwabenspiegel«, d. i. »Württemberger Zeitung«). Die biographischen Studien *Boccaccio* und *Franz von Assisi* erscheinen bei Schuster & Loeffler, Berlin und Leipzig.

1905 im Dezember Geburt des Sohnes Bruno.

1906 *Unterm Rad* (1903–1904 entstanden) erscheint bei S. Fischer, Berlin. Gründung der liberalen, gegen das persönliche Regiment Wilhelms II. gerichteten Zeitschrift »März« (Verlag Albert Langen, München), als deren Mitherausgeber Hesse bis 1912 zeichnet.

1907 *Diesseits* (Erzählungen) erscheint bei S. Fischer, Berlin. In Gaienhofen baut und bezieht Hesse ein eigenes Haus »Am Erlenloh«.

1908 *Nachbarn* (Erzählungen) erscheint bei S. Fischer, Berlin.

1909 im März Geburt des zweiten Sohnes Heiner.

1910 *Gertrud* (Roman) erscheint bei Albert Langen, München.

1911 im Juli Geburt des dritten Sohnes Martin.
Unterwegs (Gedichte) erscheint bei Georg Müller, München; Sept. bis Dez. Indienreise mit dem befreundeten Maler Hans Sturzenegger.

1912 *Umwege* (Erzählungen) erscheint bei S. Fischer, Berlin. Hesse verläßt Deutschland für immer und übersiedelt mit seiner Familie nach Bern in das Haus des verstorbenen befreundeten Malers Albert Welti.

1913 *Aus Indien.* Aufzeichnungen einer indischen Reise, erscheint bei S. Fischer, Berlin.

1914 *Roßhalde* (Roman), erscheint im März bei S. Fischer, Berlin.
Bei Kriegsbeginn meldet sich Hesse freiwillig, wird aber als dienstuntauglich zurückgestellt und 1915 der Deutschen Gesandtschaft in Bern zugeteilt, wo er von nun an im Dienst der »Deutschen Gefangenenfürsorge« bis 1919 Hunderttausende von Kriegsgefangenen und Internierten in Frankreich, England, Rußland und Italien mit Lektüre versorgt, Gefangenenzeitschriften (z. B. die »Deutsche Interniertenzeitung«) herausgibt, redigiert und 1917 einen eigenen Verlag für Kriegsgefangene (»Verlag der Bücherzentrale für deutsche Kriegsgefangene«) aufbaut, in

welchem bis 1919 22 von H. H. edierte Bände erscheinen.

Zahlreiche politische Aufsätze, Mahnrufe, offene Briefe etc. in deutschen, schweizerischen und österreichischen Zeitungen und Zeitschriften.

1915 *Knulp*. Drei Geschichten aus dem Leben Knulps (Teilvorabdruck bereits 1908), erscheint bei S. Fischer, Berlin.

Am Weg (Erzählungen) erscheint bei Reuß & Itta, Konstanz.

Musik des Einsamen. Neue Gedichte, erscheint bei Eugen Salzer, Heilbronn.

Schön ist die Jugend (Erzählungen) erscheint bei S. Fischer, Berlin.

1916 Tod des Vaters, beginnende Schizophrenie seiner Frau und Erkrankung des jüngsten Sohnes führen zu einem Nervenzusammenbruch Hesses. Erste psychotherapeutische Behandlung durch den C. G. Jung-Schüler J. B. Lang bei einer Kur in Sonnmatt bei Luzern. Gründung der »Deutschen Interniertenzeitung« und des »Sonntagsboten für die deutschen Kriegsgefangenen«.

1917 wird Hesse nahegelegt, seine zeitkritische Publizistik zu unterlassen. Erste pseudonyme Zeitungs- und Zeitschriftenpublikationen unter dem Decknamen Emil Sinclair. Niederschrift des *Demian* (Sept. bis Okt.).

1919 Die politische Flugschrift *Zarathustras Wiederkehr*. Ein Wort an die deutsche Jugend von einem Deutschen, erscheint anonym im Verlag Stämpfli, Bern.

Auflösung des Berner Haushalts (April). Trennung von seiner in einer Heilanstalt internierten Frau. Unterbringung der Kinder bei Freunden. Im Mai Übersiedlung nach Montagnola/Tessin in die Casa Camuzzi, die er bis 1931 bewohnt.

Kleiner Garten. Erlebnisse und Dichtungen, erscheint bei E. P. Tal & Co., Wien und Leipzig.

Demian. Die Geschichte einer Jugend, erscheint bei S. Fischer, Berlin, unter dem Pseudonym Emil Sinclair. Die Sammlung *Märchen* erscheint bei S. Fischer, Berlin. Gründung und Herausgabe der Zeitschrift »Vivos voco«, Für neues Deutschtum (Leipzig und Bern).

1920 *Gedichte des Malers,* Zehn Gedichte mit farbigen Zeichnungen, und die Dostojewski-Essays u.d.T. *Blick ins Chaos* erscheinen im Verlag Seldwyla, Bern.

Klingsors letzter Sommer (Erzählungen) erscheint bei S. Fischer, Berlin; danach, ebenfalls bei S. Fischer, *Wanderung.* Aufzeichnungen mit farbigen Bildern vom Verfasser.

Zarathustras Wiederkehr, Neuauflage bei S. Fischer, diesmal unter Angabe des Autors.

1921 *Ausgewählte Gedichte* erscheinen bei S. Fischer, Berlin. Krise mit fast anderthalbjähriger Unproduktivität zwischen der Niederschrift des ersten und des zweiten Teils von *Siddhartha.* Psychoanalyse bei C. G. Jung in Küsnacht bei Zürich.

Elf Aquarelle aus dem Tessin erscheint bei O. C. Recht, München.

1922 *Siddhartha.* Eine indische Dichtung, erscheint bei S. Fischer, Berlin.

1923 *Sinclairs Notizbuch* erscheint bei Rascher, Zürich. Erster Kuraufenthalt in Baden bei Zürich, das er fortan (bis 1952) alljährlich im Spätherbst aufsucht. Die Ehe mit Maria Bernoulli wird geschieden (Juni).

1924 Hesse wird wieder Schweizer Staatsbürger.

Bibliotheks- und Vorbereitungsarbeiten an seinen Herausgeberprojekten in Basel. Heirat mit Ruth Wenger, Tochter der Schriftstellerin Lisa Wenger.

Ende März Rückkehr nach Montagnola.

Psychologia Balnearia oder Glossen eines Badener Kurgastes, erscheint als Privatdruck; ein Jahr später als erster Band in der Ausstattung der »Gesammelten Werke in Einzelausgaben« u.d.T.:

1925 *Kurgast* bei S. Fischer, Berlin. Lesereise u. a. nach Ulm, München, Augsburg, Nürnberg (im November).

1926 *Bilderbuch* (Schilderungen) erscheint bei S. Fischer, Berlin. Hesse wird als auswärtiges Mitglied in die

Sektion für Dichtkunst der Preußischen Akademie der Künste gewählt, aus der er 1931 austritt: »Ich habe das Gefühl, beim nächsten Krieg wird diese Akademie viel zur Schar jener 90 oder 100 Prominenten beitragen, welche das Volk wieder wie 1914 im Staatsauftrag über alle lebenswichtigen Fragen belügen werden.«

1927 *Die Nürnberger Reise* und *Der Steppenwolf* erscheinen bei S. Fischer, Berlin, gleichzeitig – zum 50. Geburtstag Hesses – die erste Hesse-Biographie (von Hugo Ball). Auf Wunsch seiner zweiten Frau, Ruth, Scheidung der 1924 geschlossenen Ehe.

1928 *Betrachtungen* und *Krisis*. Ein Stück Tagebuch, erscheinen bei S. Fischer, Berlin, letzteres in einmaliger, limitierter Auflage.

1929 *Trost der Nacht*. Neue Gedichte, erscheint bei S. Fischer, Berlin; *Eine Bibliothek der Weltliteratur* als Nr. 7003 in Reclams Universalbibliothek bei Reclam, Leipzig.

1930 *Narziß und Goldmund* (Erzählung) erscheint bei S. Fischer, Berlin.

1931 Umzug innerhalb Montagnolas in ein neues, ihm auf Lebzeiten zur Verfügung gestelltes Haus, das H. C. Bodmer für ihn gebaut hat. Eheschließung mit der Kunsthistorikerin Ninon Dolbin, geb. Ausländer, aus Czernowitz.

Weg nach innen. Vier Erzählungen (»Siddhartha«, »Kinderseele«, »Klein und Wagner«, »Klingsors letzter Sommer«), erscheint als preiswerte und auflagenstarke Sonderausgabe bei S. Fischer, Berlin.

1932 *Die Morgenlandfahrt* erscheint bei S. Fischer, Berlin.

1932 Entstehung des
–1943 *Glasperlenspiels*.

1933 *Kleine Welt* (Erzählungen aus »Nachbarn«, »Umwege« und »Aus Indien«, leicht bearbeitet) erscheint bei S. Fischer, Berlin.

1934 Hesse wird Mitglied des Schweizerischen Schriftstellervereins (zwecks besserer Abschirmung von der NS-Kulturpolitik und effektiverer Interventionsmöglichkeiten für die emigrierten Kollegen).

Vom Baum des Lebens (Ausgewählte Gedichte) erscheint im Insel Verlag, Leipzig.

1935 *Fabulierbuch* (Erzählungen) erscheint bei S. Fischer, Berlin.

Politisch erzwungene Teilung des S. Fischer Verlags in einen reichsdeutschen (von Peter Suhrkamp geleiteten) Teil und den Emigrationsverlag von Gottfried Bermann Fischer, dem die NS-Behörden nicht erlauben, die Verlagsrechte am Werk Hermann Hesses mit ins Ausland zu nehmen.

1936 läßt Hesse dennoch seine Hexameterdichtung *Stunden im Garten* in Bermann Fischers Exil-Verlag in Wien erscheinen.

Im September erste persönliche Begegnung mit Peter Suhrkamp.

1937 *Gedenkblätter* und *Neue Gedichte* erscheinen bei S. Fischer, Berlin.

Der lahme Knabe, ausgestattet von Alfred Kubin, erscheint als Privatdruck in Zürich.

1939–1945 gelten Hesses Werke in Deutschland für unerwünscht. »Unterm Rad«, »Der Steppenwolf«, »Betrachtungen«, »Narziß und Goldmund« und »Eine Bibliothek der Weltliteratur« dürfen nicht mehr nachgedruckt werden.

Die von S. Fischer begonnenen »Gesammelten Werke in Einzelausgaben« müssen deshalb in der Schweiz, im Verlag Fretz & Wasmuth, fortgesetzt werden.

1942 Dem S. Fischer Verlag, Berlin, wird die Druckerlaubnis für *Das Glasperlenspiel* verweigert. *Die Gedichte*, erste Gesamtausgabe von Hesses Lyrik, erscheinen bei Fretz & Wasmuth, Zürich.

1943 *Das Glasperlenspiel.* Versuch einer Lebensbeschreibung des Magister Ludi Josef Knecht samt Knechts hinterlassenen Schriften, erscheint bei Fretz & Wasmuth, Zürich.

1944 Die Gestapo verhaftet Peter Suhrkamp, Hesses Verleger.

1945 *Berthold,* ein Romanfragment, und *Traumfährte* (Neue Erzählungen und Märchen) erscheinen bei Fretz & Wasmuth, Zürich.

1946 *Krieg und Frieden* (Betrachtungen zu Krieg und Politik seit dem Jahr 1914) erscheint bei Fretz & Wasmuth, Zürich. Danach können Hesses Werke auch in Deutschland wieder gedruckt werden, zunächst im »Suhrkamp Verlag vorm. S. Fischer« (ab 1951 dann im Suhrkamp Verlag, Frankfurt am Main). Goethe-Preis der Stadt Frankfurt am Main. Nobel-Preis.

1950 Hesse ermutigt und ermöglicht Peter Suhrkamp, einen eigenen Verlag zu gründen, der im Juli eröffnet wird.

1951 *Späte Prosa* und *Briefe* erscheinen bei Suhrkamp, Frankfurt am Main.

1952 *Gesammelte Dichtungen* in sechs Bänden als Festgabe zu Hesses 75. Geburtstag erscheinen bei Suhrkamp, Frankfurt am Main.

1954 *Piktors Verwandlungen.* Ein Märchen, faksimiliert, erscheint bei Suhrkamp, Frankfurt am Main.
Der *Briefwechsel: Hermann Hesse – Romain Rolland* erscheint bei Fretz & Wasmuth, Zürich.

1955 *Beschwörungen,* Späte Prosa/Neue Folge, erscheint bei Suhrkamp, Frankfurt am Main. Friedenspreis des Deutschen Buchhandels.

1956 Stiftung eines Hermann-Hesse-Preises durch die Förderungsgemeinschaft der deutschen Kunst Baden-Württemberg e. V.

1957 *Gesammelte Schriften* in sieben Bänden, erscheinen bei Suhrkamp.

1961 *Stufen,* alte und neue Gedichte in Auswahl, erscheint bei Suhrkamp.

1962 *Gedenkblätter* (um fünfzehn Texte erweitert gegenüber der 1937 erschienenen Ausgabe) erscheint bei Suhrkamp.
9. August: Tod Hermann Hesses in Montagnola.

1962 »Hermann Hesse. Eine Bibliographie« von Helmut Waibler, erscheint im Francke Verlag, Bern und München.

1963 *Die späten Gedichte* erscheinen als Band 803 der Insel-Bücherei im Insel Verlag, Wiesbaden.

1964 Das Hermann-Hesse-Archiv in Marbach wird gegründet.

1965 *Prosa aus dem Nachlaß* (herausgegeben von Ninon Hesse) erscheint bei Suhrkamp.

Neue Deutsche Bücher, Literaturberichte für »Bonniers Litterära Magasin« 1935 bis 1936 (herausgegeben von Bernhard Zeller), in der Turmhahn-Bücherei des Schiller-Nationalmuseums, Marbach.

1966 *Kindheit und Jugend vor Neunzehnhundert,* Hermann Hesse in Briefen und Lebenszeugnissen 1877 bis 1895 (herausgegeben von Ninon Hesse), erscheint im Suhrkamp Verlag.

Tod von Ninon Hesse.

1968 *Hermann Hesse – Thomas Mann,* Briefwechsel (herausgegeben von Anni Carlsson), erscheint bei Suhrkamp und S. Fischer.

1969 *Hermann Hesse – Peter Suhrkamp,* Briefwechsel (herausgegeben von Siegfried Unseld), erscheint bei Suhrkamp.

1970 *Hermann Hesse Werkausgabe* in zwölf Bänden, mit einer Auswahl von Hesses Bücherberichten u. d. T. *Eine Literaturgeschichte in Rezensionen und Aufsätzen* (herausgegeben von Volker Michels), erscheint bei Suhrkamp.

1971 *Hermann Hesse – Helene Voigt-Diederichs.* Zwei Autorenportraits in Briefen (herausgegeben von Bernhard Zeller), erscheint bei Diederichs, Köln.

1972 Materialien zu Hermann Hesses *Der Steppenwolf* bei Suhrkamp.

1973 *Gesammelte Briefe,* Band 1, 1895–1921 (herausgegeben von Volker/Ursula Michels und Heiner Hesse), bei Suhrkamp.

Die Kunst des Müßiggangs, kurze Prosa aus dem Nachlaß und Materialien zu Hermann Hesses *Das Glasperlenspiel* (beide herausgegeben von Volker Michels) bei Suhrkamp.

Hermann Hesse. Eine Werkgeschichte. (Herausgegeben von Siegfried Unseld) bei Suhrkamp.

1974 Materialien zu Hermann Hesses *Siddhartha* (herausgegeben von Volker Michels) bei Suhrkamp.

1977 *Kleine Freuden.* Kurze Prosa aus dem Nachlaß. (Herausgegeben von Volker Michels), *Politik des Gewissens.* Die Politischen Schriften 1914–1962, 2 Bände (herausgegeben von Volker Michels), *Hermann Hesse–R. J. Humm,* Briefwechsel (herausgegeben von Volker und Ursula Michels), erscheinen bei Suhrkamp, ebenso *Die Welt der Bücher.* Betrachtungen und Aufsätze zur Literatur.

Hermann Hesse. Bodensee. Betrachtungen, Erzählungen, Gedichte (herausgegeben von Volker Michels), bei Thorbecke, Sigmaringen.

Hermann Hesse als Maler, ausgewählt von Bruno Hesse und Sandor Kuthy, bei Suhrkamp.

1978 *Kindheit und Jugend vor Neunzehnhundert,* Band 2 (herausgegeben von Gerhard Kirchhoff), bei Suhrkamp.

Hermann Hesse – Heinrich Wiegand, Briefwechsel (herausgegeben von Klaus Pezold), erscheint im Aufbau Verlag, Berlin, DDR.

1979 *Gesammelte Briefe,* Band 2, 1922–1935, erscheint bei Suhrkamp.

Hermann Hesse. Sein Leben in Bildern und Texten. Von Volker Michels, erscheint bei Suhrkamp.

Theodore Ziolkowski, *Der Schriftsteller Hermann Hesse.*

1982 *Gesammelte Briefe,* Band 3, 1936–1948.

Ralph Freedman, *Hermann Hesse, Autor der Krisis.* Eine Biographie.

1983 *Italien.* Schilderungen und Tagebücher. Herausgegeben von Volker Michels.

1986 *Gesammelte Briefe,* Band 4, 1949–1962.

1987 *Hermann Hesse in Augenzeugenberichten.* Herausgegeben von Volker Michels.

1988 *Die Welt im Buch,* Bd. 1, Rezensionen und Aufsätze 1900–1910.

Hermann Hesse
im Suhrkamp Verlag
und Insel Verlag

Gesammelte Schriften in sieben Bänden. Leinen
Gesammelte Werke. Werkausgabe in den suhrkamp taschenbüchern in zwölf Bänden. st 1600
Ausgewählte Werke in sechs Bänden. Leinen und Leder
Gesammelte Erzählungen. Sechs Bände. Geschenkausgabe mit farbigem Dekorüberzug in Schmuckkassette
Die Romane und großen Erzählungen. Acht Bände. Jubiläumsausgabe mit farbigem Dekorüberzug in Schmuckkassette

Hermann Hesse Lesebücher
Eigensinn macht Spaß. Individuation und Anpassung. Zusammengestellt von Volker Michels. Paperback
Die Einheit hinter den Gegensätzen. Religionen und Mythen. Zusammengestellt von Volker Michels. Paperback
Die Hölle ist überwindbar. Krisis und Wandlung. Zusammengestellt von Volker Michels. Paperback
Jedem Anfang wohnt ein Zauber inne. Lebensstufen. Zusammengestellt von Volker Michels. Paperback und Großdruck. it 2357
Das Stumme spricht. Herkunft und Heimat. Natur und Kunst. Zusammengestellt von Volker Michels. Paperback
Wer lieben kann, ist glücklich. Über die Liebe. Zusammengestellt von Volker Michels. Paperback

Einzelausgaben
Aus Indien. Aufzeichnungen, Tagebücher, Gedichte, Betrachtungen und Erzählungen. Neu zusammengestellt und ergänzt von Volker Michels. st 562
Aus Kinderzeiten. Gesammelte Erzählungen Band 1. 1900-1905. Zusammengestellt von Volker Michels. st 347
Bäume. Betrachtungen und Gedichte. Mit Fotografien von Imme Techentin. Zusammenstellung der Texte von Volker Michels. it 455 und it 1815
Bericht aus Normalien. Humoristische Erzählungen, Gedichte und Anekdoten. Herausgegeben und mit einem Nachwort von Volker Michels. st 1308
Berthold. Erzählung. st 1198
Beschreibung einer Landschaft. Schweizer Miniaturen. Herausgegeben und mit einem Vorwort versehen von Siegfried Unseld. Leinen und st 1970

14/1/8.96

Hermann Hesse
im Suhrkamp Verlag
und Insel Verlag

Der Bettler. Zwei Erzählungen. Mit einem Nachwort von Max Rychner. st 1376

Boccaccio. Der Dichter des Dekameron. Mit einem Nachwort von Fritz Wagner. Mit sechzehn, teils farbigen Abbildungen. IB 1131

Casanovas Bekehrung und Pater Matthias. Zwei Erzählungen. st 1196

Demian. Die Geschichte von Emil Sinclairs Jugend. BS 95 und st 206

Eigensinn. Autobiographische Schriften. Auswahl und Nachwort von Siegfried Unseld. BS 353

Emil Kolb. Erzählung. st 1202

Der Europäer. Gesammelte Erzählungen Band 3. 1909-1918. Zusammengestellt von Volker Michels. st 384

Farbe ist Leben. Die schönsten Aquarelle. Ausgewählt und mit einem Nachwort von Volker Michels. it 1810

Franz von Assisi. Mit Fresken von Giotto und einem Essay von Fritz Wagner. it 1069

Freunde. Erzählung. st 1284

Die Gedichte. Herausgegeben und mit einem Nachwort versehen von Volker Michels. Leinen

Gedichte des Malers. Zehn Gedichte mit farbigen Zeichnungen. it 893

Die Gedichte. 1892-1962. 2 Bde. Neu eingerichtet und um Gedichte aus dem Nachlaß erweitert von Volker Michels. st 381

Gertrud. Roman. st 890

Das Glasperlenspiel. Versuch einer Lebensbeschreibung des Magister Ludi Josef Knecht samt Knechts hinterlassenen Schriften. Leinen, st 79 und st 2572

Glück. Späte Prosa. Betrachtungen. BS 344

Die Heimkehr. Erzählung. st 1201

Hermann Hesse Lesebuch. Ausgewählt und herausgegeben von Volker Michels. st 1975

Hermann Lauscher. Mit frühen, teils unveröffentlichten Zeichnungen und einem Nachwort von Gunter Böhmer. it 206

Hermann Lauscher. st 2517

Heumond. Erzählung. st 1194

Im Garten. Betrachtungen und Gedichte. Zusammengestellt und mit einem Nachwort von Volker Michels. Mit zahlreichen Abbildungen. it 1329 und it 1816

In der alten Sonne. Erzählung. st 1378

Innen und Außen. Gesammelte Erzählungen Band 4. 1919-1955. st 413

Iris. Ausgewählte Märchen. BS 369

14/2/8.96

Hermann Hesse
im Suhrkamp Verlag
und Insel Verlag

Italien. Schilderungen, Tagebücher, Gedichte, Aufsätze, Buchbesprechungen und Erzählungen. Herausgegeben und mit einem Nachwort von Volker Michels. st 689

Jahreszeiten. Betrachtungen, Gedichte und Aquarelle zu den 12 Monaten. Herausgegeben von Volker Michels. Großdruck. it 2339

Josef Knechts Lebensläufe. BS 541

Kinderseele. Erzählung. st 1203

Kindheit des Zauberers. Ein autobiographisches Märchen. Handgeschrieben, illustriert und mit einer Nachbemerkung versehen von Peter Weiss. it 67

Kindheit und Jugend vor Neunzehnhundert. Hermann Hesse in Briefen und Lebenszeugnissen. 1. Band: 1877-1895. Ausgewählt und herausgegeben von Ninon Hesse. Leinen und st 1002

Kindheit und Jugend vor Neunzehnhundert. Hermann Hesse in Briefen und Lebenszeugnissen. 2. Band: 1895-1900. Herausgegeben von Ninon Hesse. Fortgesetzt und erweitert von Gerhard Kirchhoff. Leinen und st 1150

Klein und Wagner. Novelle. st 116

Kleine Freuden. Verstreute und kurze Prosa aus dem Nachlaß. Herausgegeben und mit einem Nachwort von Volker Michels. st 360

Klingsors letzter Sommer. Erzählung mit farbigen Bildern vom Verfasser. BS 608

Klingsors letzter Sommer. Erzählung. st 1195

Knulp. Drei Geschichten aus dem Leben Knulps. BS 75

Knulp. Drei Geschichten aus dem Leben Knulps. Mit dem Fragment ›Knulps Ende‹. Mit sechzehn Steinzeichnungen von Karl Walser. it 394

Knulp. st 1571

Krisis. Ein Stück Tagebuch. BS 747

Die Kunst des Müßiggangs. Kurze Prosa aus dem Nachlaß. Herausgegeben und mit einem Nachwort von Volker Michels. st 100

Kurgast. Aufzeichnungen von einer Badener Kur. st 383

Ladidel. Erzählung. st 1200

Der Lateinschüler. Erzählung. st 1193

Lebenszeiten. Ein Brevier, ediert von Siegfried Unseld. Mit Abbildungen und Dokumenten. Großdruck. it 2343

Legenden. Zusammengestellt von Volker Michels. BS 472 und st 909

Lektüre für Minuten. Gedanken aus seinen Büchern und Schriften. Ausgewählt und zusammengestellt von Volker Michels. Paperback und st 7

14/3/8.96

Hermann Hesse
im Suhrkamp Verlag
und Insel Verlag

Lektüre für Minuten. Neue Folge. Gedanken aus seinen Büchern und Briefen. Herausgegeben von Volker Michels. st 240

Liebesgedichte. it 1958

Liebesgeschichten. Geschichten, Gedanken und Gedichte über die Liebe. Herausgegeben und mit einem Nachwort versehen von Volker Michels. st 2400

Das Lied des Lebens. Die schönsten Gedichte. Paperback

Eine Literaturgeschichte in Rezensionen und Aufsätzen. Herausgegeben von Volker Michels. st 252

Luftreisen. Berichte und Gedichte. Herausgegeben und mit einem Nachwort versehen von Volker Michels. Mit zahlreichen Abbildungen. it 1604

Die Märchen. Zusammengestellt von Volker Michels. st 291 und Großdruck. it 2349

Magie der Farben. Aquarelle aus dem Tessin. Mit Betrachtungen und Gedichten zusammengestellt und mit einem Nachwort versehen von Volker Michels. it 482

Magie des Buches. Betrachtungen. BS 542

Die Marmorsäge. Zwei Erzählungen. st 1381

Mein Glaube. Eine Dokumentation. Auswahl und Nachwort von Siegfried Unseld. BS 300

Mit der Reife wird man immer jünger. Betrachtungen und Gedichte über das Alter. Herausgegeben von Volker Michels. Großdruck. it 2311

Mit Hermann Hesse durch das Jahr. Mit Reproduktionen von 13 aquarellierten Federzeichnungen von Hermann Hesse. Paperback

Mit Hermann Hesse durch Italien. Ein Reisebegleiter durch Oberitalien. Mit farbigen Fotografien. Herausgegeben von Volker Michels. it 1120

Mit Hermann Hesse reisen. Betrachtungen und Gedichte. Herausgegeben von Volker Michels. it 1242

Die Morgenlandfahrt. Eine Erzählung. BS 1 und st 750

Musik. Betrachtungen, Gedichte, Rezensionen und Briefe. Mit einem Essay von Hermann Kasack. Eine Dokumentation. Ausgewählt und zusammengestellt von Volker Michels. BS 1142 und st 1217

Narziß und Goldmund. Erzählung. BS 65, st 274 und st 2640

Die Nürnberger Reise. Mit farbigen Abbildungen und einem Nachwort von Siegfried Unseld. Gebunden

Die Nürnberger Reise. st 227

14/4/8.96

Hermann Hesse im Suhrkamp Verlag und Insel Verlag

Peter Camenzind. Erzählung. st 161

Piktors Verwandlungen. Ein Liebesmärchen, vom Autor handgeschrieben und illustriert, mit ausgewählten Gedichten und einem Nachwort versehen von Volker Michels. it 122

Politik des Gewissens. Die politischen Schriften. 1. Band: 1914-1932. 2. Band: 1933-1962. Vorwort von Robert Jungk. Herausgegeben von Volker Michels. st 656

Robert Aghion. Erzählung. st 1379

Roßhalde. Roman. st 312

Schmetterlinge. Betrachtungen, Erzählungen, Gedichte. Zusammengestellt und mit einem Nachwort versehen von Volker Michels. it 385

Schön ist die Jugend. Erzählung. st 1380

Schriften zur Literatur. Band 1. Leinenkaschiert

Schriften zur Literatur. Band 2. Leinenkaschiert

Siddhartha. Eine indische Dichtung. BS 227 und st 182

Sinclairs Notizbuch. Mit aquarellierten Federzeichnungen des Verfassers. BS 839

Die späten Gedichte. Mit einer Nachbemerkung. IB 803

Die Stadt. Ein Märchen, ins Bild gebracht von Walter Schmögner. it 236

Der Steppenwolf. Aquarelle von Gunter Böhmer. BS 869

Der Steppenwolf. Erzählung. st 175

Stufen. Ausgewählte Gedichte. BS 342

Stunden im Garten. Zwei Idyllen. Mit teils farbigen Zeichnungen von Gunter Böhmer. IB 999

Tessin. Betrachtungen, Gedichte und Aquarelle des Autors. Herausgegeben und eingeleitet von Volker Michels. Leinen und it 1494

Tractat vom Steppenwolf. Nachwort von Beda Allemann. es 84

Traumgeschenk. Aufzeichnungen, Gedichte und Betrachtungen über das Träumen. Herausgegeben und mit einem Nachwort versehen von Volker Michels. st 2462

Unterm Rad. Erzählung. st 52

Unterm Rad. Roman in der Urfassung. Illustriert von Gunter Böhmer. Mit einem Nachwort von Volker Michels. Leinen und BS 981

Die Verlobung. Gesammelte Erzählungen Band 2. 1906-1908. st 368

Der vierte Lebenslauf Josef Knechts. Zwei Fassungen. Mit einem Nachwort von Theodore Ziolkowski. Herausgegeben von Ninon Hesse. st 1261

Vom Baum des Lebens. Ausgewählte Gedichte. Mit einem Nachwort von Volker Michels. IB 454

14/5/8.96

Hermann Hesse
im Suhrkamp Verlag
und Insel Verlag

Von guten Büchern. Rezensionen aus den Jahren 1900-1910. Herausgegeben von Volker Michels in Zusammenarbeit mit Heiner Hesse. Leinen

Walter Kömpff. Erzählung. st 1199

Wanderung. Aufzeichnungen. Mit 14 Aquarellen des Verfassers. BS 444 und Großdruck. it 2354

Die Welt der Bücher. Betrachtungen und Aufsätze zur Literatur. Zusammengestellt von Volker Michels. st 415

Der Weltverbesserer und Doktor Knölges Ende. Zwei Erzählungen. st 1197

Zarathustras Wiederkehr. Ein Wort an die deutsche Jugend und andere Aufrufe gegen den Herdengeist von rechts und links. Herausgegeben von Volker Michels. st 2228

Der Zwerg. Ein Märchen. Mit Illustrationen von Rolf Köhler. it 636

Der Zyklon. Zwei Erzählungen. st 1377

Briefe

Ausgewählte Briefe. Erweiterte Ausgabe. Zusammengestellt von Hermann Hesse und Ninon Hesse. st 211

Gesammelte Briefe. In Zusammenarbeit mit Heiner Hesse herausgegeben von Ursula Michels und Volker Michels. Vier Bände in Kassette. Leinen

Hermann Hesse – Rudolf Jakob Humm. Briefwechsel. Herausgegeben von Ursula und Volker Michels. Leinen

Hermann Hesse – Thomas Mann. Briefwechsel. Herausgegeben von Anni Carlsson (1968), erweitert von Volker Michels (1975), mit einem Vorwort von Prof. Theodore Ziolkowski, aus dem Amerikanischen übersetzt von Ursula Michels-Wenz. Leinen und BS 441

Hermann Hesse – Peter Suhrkamp. Briefwechsel 1945-1959. Herausgegeben von Siegfried Unseld. Leinen

Aquarelle

Hermann Hesse – Kalender auf das Jahr 1997. Mit dreizehn Aquarellen und Federzeichnungen Hermann Hesses

Hermann Hesse als Maler. 44 Aquarelle mit Texten von Hermann Hesse. Ausgewählt und mit einem Nachwort versehen von Volker Michels. Leinen

14/6/8.96

Hermann Hesse im Suhrkamp Verlag und Insel Verlag

Schallplatten

Hermann Hesse – Sprechplatte. Langspielplatte

Hermann Hesse liest ›Über das Alter‹. Zusammengestellt von Volker Michels. Langspiel-Sprechplatte

Materialien

Materialien zu Hermann Hesses ›Demian‹. 1. Band: Die Entstehungsgeschichte in Selbstzeugnissen und Dokumenten. Herausgegeben von Volker Michels. Mit zahlreichen Abbildungen. st 1947

Materialien zu Hermann Hesses ›Demian‹. 2. Band: Wirkungsgeschichte. Herausgegeben von Volker Michels. st 2520

Materialien zu Hermann Hesses ›Das Glasperlenspiel‹. Erster Band. Texte von Hermann Hesse. Herausgegeben von Volker Michels. st 80

Materialien zu Hermann Hesses ›Das Glasperlenspiel‹. Zweiter Band. Texte über das Glasperlenspiel. Herausgegeben von Volker Michels. st 108

Materialien zu Hermann Hesses ›Siddhartha‹. Erster Band. Texte von Hermann Hesse. Herausgegeben von Volker Michels. st 129

Texte über Siddhartha. Zweiter Band. Herausgegeben von Volker Michels. st 282

Materialien zu Hermann Hesses ›Der Steppenwolf‹. Herausgegeben von Volker Michels. st 53

Über Hermann Hesse. Erster Band (1904-1962). Herausgegeben von Volker Michels. st 331

Über Hermann Hesse. Zweiter Band (1963-1977). Herausgegeben von Volker Michels. st 332

Editionen, Vor- und Nachworte

Matthias Claudius: Der Wandsbecker Bote. Mit einem Vorwort von Peter Suhrkamp und einem Nachwort von Hermann Hesse. it 130

Geschichten aus dem Mittelalter. Herausgegeben von Hermann Hesse. Aus dem Lateinischen übersetzt von Hermann Hesse und J. G. T. Graesse und mit Nacherzählungen von Leo Greiner. Neu zusammengestellt von Volker Michels. it 161

Frans Masereel: Geschichte ohne Worte. Ein Roman in Bildern. 60 Holzschnitte. Mit einem Nachwort von Hermann Hesse. IB 433

Jonathan Swift: Gullivers Reisen. Mit Illustrationen von Grandville und einem Vorwort von Hermann Hesse. Aus dem Englischen übersetzt von Franz Kottenkamp. Vervollständigt und bearbeitet von Roland Arnold. it 58

14/7/8.96

Hermann Hesse
im Suhrkamp Verlag
und Insel Verlag

Literatur zu Hermann Hesse

Hermann Hesse. Sein Leben in Bildern und Texten. Mit einem Vorwort von Hans Mayer. Herausgegeben von Volker Michels. Leinen und it 1111

Hermann Hesse. Leben und Werk im Bild. Mit dem ›kurzgefaßten Lebenslauf‹ von Hermann Hesse. it 36

Hermann Hesse in Augenzeugenberichten. Herausgegeben von Volker Michels. Leinen und st 1865

Hugo Ball: Hermann Hesse. Sein Leben und sein Werk. st 385

Adrian Hsia: Hermann Hesse und China. Darstellung, Materialien und Interpretation. SV. Gebunden

Gisela Kleine: Zwischen Welt und Zaubergarten. Ninon und Hermann Hesse: Leben im Dialog. st 1384

Siegfried Unseld: Begegnungen mit Hermann Hesse. st 218

Siegfried Unseld: Hermann Hesse. Werk und Wirkungsgeschichte. Revidierte und erweiterte Fassung der Ausgabe von 1973. Mit zahlreichen Abbildungen. Leinen und it 1112

Theodore Ziolkowski: Der Schriftsteller Hermann Hesse. Wertung und Neuwertung. Deutsch von Ursula Michels-Wenz. Gebunden

14/8/8.96